KAAS

Salamander Klassiek

Ander werk van Willem Elsschot

Villa des Roses (1913)
Lijmen / Het been (1924, 1938)
Het dwaallicht (1946)
Verzameld werk (1957)
Brieven (1993)

WILLEM ELSSCHOT

KAAS

Met een recensie van M. ter Braak

Amsterdam

Em. Querido's Uitgeverij B.V.

1997

Eerste druk, 1933; vijftiende en zestiende druk, 1969; zestiende [zeventiende] druk, 1975; zeventiende [achttiende] druk, 1977; negentiende druk, 1978; twintigste druk, 1980; eenentwintigste druk, 1982; tweeëntwintigste druk, 1983; drieentwintigste druk, 1985; vierentwintigste druk, als Salamander, 1987; vijfentwintigste druk, 1989; zesentwintigste druk, 1991; zevenentwintigste druk, 1994; achtentwintigste druk, 1997.

ISBN 90 214 9764 6 / NUGI 300

Opdracht

AAN JAN GRESHOFF

Ik luister zwijgend naar die stem
die hijgt en hees is, maar vol klem,
die in mineur zingt bij 't verwensen
van 't alledaagse in de mensen.

Ik volg de hoeken van die mond,
een kwalijk toegegroeide wond
die alles uitdrukt, als hij lacht,
wat hij zo fel in woorden bracht.

Hij heeft een vrouw en kroost en vrinden,
hij heeft een hele hoop beminden
waar hij plezier aan heeft als geen.
Toch staat Jan Greshoff heel alleen.

Hij zoekt en kijkt, hij hoopt en wacht
van d' ene nacht tot d' andere nacht.
Hij hoort iets en komt overeind:
Hij wacht in Brussel op zijn eind.

Vooruit Janlief, hanteer de riem,
en geef die rotzooi striem op striem!
Vaag al dat vee van uwe baan
zo lang uw hart nog mee wil gaan.

INLEIDING

Buffon heeft gezegd dat de stijl de mens zelf is. Bondiger en juister kan het niet. Maar een gevoelsmens is weinig gebaat met dat slagwoord dat daar staat als een model, om vereeuwigd te worden door een steenkapper. Kan men echter wel met woorden enig inzicht geven in wat stijl eigenlijk is?

Uit de hoogste stijlspanning wordt het tragische geboren. In 's mensen lotsbestemming zelf is alles tragisch. Denk aan de woorden van Job. 'Hier hebben de bozen het woelen gestaakt, hier vindt hij, wiens kracht uitgeput is, rust,' en gij ziet aan uw voeten het wriemelende, parende, etende, biddende mensdom en daar naast een stortplaats voor hen wier laatste kramp tot stilte gekomen is. Stijl staat in nauw verband met de muziek, die gegroeid is uit de menselijke stem waarmede gejuicht en geklaagd werd vóór dat zwart op wit bestond. En het tragische is een kwestie van intensiteit, van maat en harmonie, van rustpunten, een afwisseling van gejubel met lento's en gongslagen, van eenvoud en oprechtheid met sardonisch grijnzen.

Hier hebt gij een zee en daar boven een lucht. Eerst is de blauwe hemel één reusachtige heerlijkheid. Wie vertrekt van een blauwe lucht moet er toe in staat zijn die lucht zó blauw te scheppen als nooit enige lucht in werkelijkheid geweest is. De toeschouwer moet dadelijk getroffen worden door het merkwaardige blauw van dat uitspansel, zonder dat hem gezegd wordt 'die lucht is zeer, zéér blauw'. Hij heeft immers zelf een ziel die hem dat zegt, want stijl is alleen bevattelijk voor die een ziel hebben.

Die lucht moet zo lang blauw en ongerept blijven tot het blauwe volkomen in zijn ziel is ingedrongen. Echter niet *te* lang, anders denkt hij 'ja, die lucht is blauw, daar gaat niets van af, ik weet het nu'. En hij keert uw lucht de rug toe om weg te zinken in overwegingen die op zijn persoonlijk peil staan. En is hij eenmaal uit je klauwen, dan krijg je hem geen tweede maal op de plaats van waaruit hij toekijken of toevoelen moet, tenminste niet met een tweede blauwe lucht. Hoe intenser het blauw hoe beter, want des te spoediger is hij er vol van. En begin je met een zwarte lucht, dan moet het zwart dadelijk over zijn hele huid afgeven.

Als nu de blauwe heerlijkheid lang genoeg heeft geduurd, dan komt een eerste wolkje waardoor hij merkt dat hij daar niet staat om tot aan 't eind van zijn dagen op die blauwe lucht te staren. En geleidelijk slinkt het blauw tot één chaos van wolkgevaarten.

Een gongslag kondigt de eerste wolk aan en een nieuwe slag telkens een stoet van nieuwe gedrochten.

De eerste gongslag speelt een leidende rol, zoals de eerste geboorte in een gezin. De anderen worden precies zo geboren, maar men went aan alles, ook aan bevallen, en de verrassing wordt geleidelijk zwakker.

Die eerste gongslag moet komen als alles rein en blauw, liefde en geluk is, als men zich aan alles verwacht behalve aan een gongslag. Hij moet waarschuwen, hij moet hinderen, maar niet doen schrikken. Iets als het 'broeder, gij moet sterven' van die monniken, op een zomerse middag. Hij moet o zo zacht gegeven worden. De man moet zich afvragen wat of dat was? Was dat óók gejubel, dan was het een rare manier van doen. Hij moet, na die eerste gongslag, de blauwe lucht gaan wantrouwen als een die plotseling iets aan 't eten proeft of in 't vreedzame gras iets ziet bewegen bij volkomen windstilte. Hij moet zich afvragen of hij niets verdachts heeft gehoord en of dat ginder ver nu geen wolk is. 't Is wenselijk dat hij even later tot de conclusie komt dat het geen gongslag was, maar iets dat haperde in de keel van die doende zijn te jubelen. Dat kan alleen worden bereikt als de eerste slag zacht gegeven wordt en niet te lang aanhoudt.

Je zit 's avonds alleen in een verlaten huis te lezen. En opeens komt het je voor dat je wel iets gehoord zou kunnen hebben. Neen, de stilte houdt aan en je hart gaat weer zijn lusteloze gang.

Is die eerste gongslag te luid, dan kan niets meer komen dat nog indruk maakt. Hij denkt dan 'zo, is het dáárom te doen? Vooruit dan maar'. En meteen stopt hij zijn oren dicht. Of hij bevecht uw kermiskabaal met eigen wilskracht en houdt zijn oren wijd open, wetend dat hij dadelijk niets meer horen zal. Want een aanhoudend sterk geluid is gelijk aan volkomen stilte. En de man, die zo plotseling al die gongslagen geeft, lijkt zelf wel bezeten.

Als nu die rare blauwe lucht nog even geduurd heeft, volgt een tweede slag.

Die man van je ziet nu een wolk en denkt 'ik had dus goed gehoord. Dat wás geen gejubel'. En om zeker te zijn, want dat blauw zit nog in zijn maag, zoekt hij de eerste gongslag op in wat reeds voorbij is. Als hij zich die moeite geeft vindt hij hem ook en denkt 'zie je wel, die was mij niet ontsnapt'. Hij is echter nog niet geheel zeker dat die eerste met voorbedachtheid gegeven werd; zó zwak was hij geweest, en zó onverwacht.

De man in zijn verlaten huis staat op en luistert. En daarop gaan ze aandrijven. Geleidelijk, in een versnellend tempo, wordt het blauw verdrongen en stapelen de gevaarten zich op. De gongslagen volgen sneller op elkander en je man voorziet de slagen reeds die gaan komen. Hij wil zelf de leiding nemen, want hij denkt dat hij vaart en is er zich niet van bewust dat hij gevaren wordt. Als hij dan zegt 'nú komt de slag die de toren doet instorten, ik wil het,' dan juist zwijgt de gong en door de wolken wordt een plekje blauw zichtbaar.

Hij denkt 'zo, 't valt mij nog mee. 't Had erger kunnen zijn. *Ik* had de boel doen instorten, dan was het uit geweest.' Hij weet niet dat die slag nu niet komen mocht, omdat het blauw vergeten is, omdat de indruk van het blauw uit zijn ziel is gewist. En die slag op zich zelf is het doel niet. Het doel is het blauw *en* de slag, het blauw als de slag verwacht wordt en de slag als men het blauw opnieuw begint op te zuigen.

De man in 't ledige huis gaat weer zitten.

En als de toeschouwer het blauw voor de tiende maal heeft gezien, telkens voor een kortere spanne tijds, en denkt 'ja, nu weet ik het, 't is te doen om een voortdurende afwisseling van blauw en wolkgevaarten', dán komt de slag. Hij dreunt dwars door zijn lichaam en stippelt zijn huid. De man in 't stille huis wil opstaan maar kan niet. Hij is niet bang, maar verlamd door de majesteit van die éne gongslag. Hij denkt 'dat lap je me niet meer' en maakt zich gereed om de volgende slag het hoofd te bieden, zoals je in 't circus pistoolschoten blijft verwachten omdat er één gevallen is.

Hij vergist zich, dat was *de* slag.

Als je met een blauwe lucht eindigen wil mogen er nog enkele slagen komen, maar die zijn slechts een uitsterven, een opruiming, het laatste klapwieken van een vogel. Heb je echter zelf genoeg van die blauwe lucht, dan is het uit, Amen en uit.

Hij zit daar nog als er niets meer is, geen gongslagen en geen wolkgevaarten. Zelfs geen blauwe lucht.

Hij sluit je boek en gaat heen, zijn hoed vergetend.

Onderweg blijft hij even staan en mompelt: 'Was me dát een geschiedenis.' Hij keert zich nog eens om, gaat dan dromerig verder en verdwijnt aan de horizon. De spanning van het tragische heeft zijn ziel aangeraakt.

In de natuur zit het tragische in 't gebeurde zelf. In kunst zit het meer in de stijl dan in wat er gebeurt. Een haring kan tragisch geschilderd worden, al zit er aan zo'n beest niets dat tragisch op zich zelf is. Daarentegen is het niet voldoende te zeggen 'mijn arme vader is dood' om een tragisch effect te bereiken.

In de muziek is het abstracte van het tragische nog duidelijker. Het tragische van Schuberts *Erlkönig* wordt door Goethes woorden niet verhoogd, al wordt er een kind in gewurgd. Integendeel, al dat gewurg leidt de aandacht af van het tragische ritme.

Zo ook in de litteratuur, waar men echter over geen toon-
ladders beschikt en zich met jammerlijke woorden behelpen
moet. En daar ieder woord nu eenmaal een beeld oproept,
wordt door de opeenvolging van woorden vanzelf een skelet
gevormd waar stijl op gesmeerd kan worden. Men kan niet
schilderen zonder oppervlakte.

Maar 't skelet zelf is bijzaak, want de hoogste stijlspanning kan bij 't miniemste gebeuren worden bereikt. Heel
Rodin zit even volkomen in één van die handen als in 't
ensemble van die zeven poorters van Calais en 't is een
wonder dat hij die spanning zeven poorters lang heeft vol-
gehouden. Nog een geluk dat er geen zeventig waren. Een
zelfde standaardskelet zal dan ook door verschillende tem-
peramenten zo volkomen anders besmeerd worden dat niemand onder die totaal aan elkander vreemde produkten een
zelfde geraamte vermoeden zou. Hoofdzaak is dat men iets
te hanteren krijgt waar men met zelfvoldoening zijn
stijldrift op botvieren kan. Daarom moest men schooljon-
gens vrij laten in de keus van 't onderwerp en die zeven-
envijftig zo verschillende sukkelaars niet dwingen op een
zelfde namiddag de Lente of de Begrafenis van Moeder te
beschrijven. En zond er dan een aan zijn meester een brief
waarin hij zeggen zou waarom hij 't vertikt vandaag enig
opstel te maken, waarover dan ook, dan behoorde die brief
zijn opstel te zijn.

Het effect dat men bereiken wil moet kloppen met ie-
mands eigen gemoedstoestand. Wie zelf in een oprechte
vrolijke bui is, moet niet proberen een tragische indruk te
verwekken, anders worden valse klanken geboren die 't geheel bederven. Tenzij het vrolijke gebruikt wordt om een
ernstige spanning te omlijsten. Maar dan moet die vrolijk-
heid iets eigenaardigs vertonen, zoals het blauw van die
lucht. Van de aanhef af, want een boek is een lied, moet men
het oog houden op het slotakkoord, waarvan iets door 't hele
verhaal geweven moet worden, als het Leitmotiv door een

symfonie. De lezer moet geleidelijk een gevoel van onrust over zich voelen komen, zodat hij zijn kraag opzet en aan een paraplu denkt terwijl de zon nog in haar volle glorie staat.

Wie het slot niet uit het oog verliest zal vanzelf alle langdradigheid vermijden omdat hij zich telkens afvragen zal of ieder van zijn details wel bijdraagt tot het bereiken van zijn doel. En hij komt dan spoedig tot de ontdekking dat iedere bladzijde, iedere zin, ieder woord, iedere punt, iedere komma het doel nader brengt of op afstand houdt. Want neutraliteit bestaat niet in kunst.

Wat niet nodig is dient geweerd en waar het met één personage kan is een menigte overbodig.

In kunst mag niet geprobeerd worden. Probeer niet te schelden als gij niet toornig zijt, niet te schreien als uw ziel droog staat, niet te juichen zolang gij niet vol zijt van vreugde. Men kan proberen een brood te bakken, maar men probeert geen schepping. Men probeert ook niet te baren. Waar zwangerschap bestaat volgt het baren vanzelf, ten gepasten tijde.

PERSONAGES

Frans Laarmans, *klerk bij de General Marine and Shipbuilding Company, daarna koopman, daarna weder klerk.*

De moeder van Laarmans *(kinds en stervend).*

Dokter Laarmans, *broeder van Frans.*

Mijnheer Van Schoonbeke, *vriend van de dokter en de schuld van alles.*

Hornstra, *kaashandelaar in Amsterdam.*

Fine, *vrouw van Laarmans.*

Jan en Ida, *hun kinderen.*

Madame Peeters, *een buurvrouw die aan de gal lijdt.*

Anna van der Tak

Tuil

Erfurt

Bartherotte

Klerken bij de General Marine.

Boorman, *raadgever voor mensen van zaken.*

De oude Piet, *machinist bij de General Marine.*

De jonge Van der Zijpen, *die zich associëren wil.*

Vrienden van Van Schoonbeke.

ELEMENTEN

Kaas. *Kaasdroom. Kaasfilm. Kaasonderneming. Kaasdag. Kaascampagne. Kaasmijn. Kaaswereld. Kaasschip. Kaashandel. Kaasvak. Kaasroman. Kaaseters. Kaasmens. Kaasbol. Kaastrader. Kaastrust. Kaasdraak. Kaasellende. Kaastestament. Kaasfantasie. Kaasmuur. Kaaskwestie. Kaaswagen. Kaasbeproeving. Kaastoren. Kaaswond.*

G.A.F.P.A. *General Antwerp Feeding Products Association.*

Kelder van 't Blauwhoedenveem.

Laarmans' kantoor *met telefoon, bureau-ministre en schrijfmachine.*

Een tric-trac doos.

Een mandvalies.

Een grote kaaswinkel.

Een kerkhof.

I

Eindelijk schrijf ik je weer omdat er grote dingen staan te gebeuren en wel door toedoen van mijnheer Van Schoonbeke.

Je moet weten dat mijn moeder gestorven is.

Een nare geschiedenis natuurlijk, niet alleen voor haar maar ook voor mijn zusters, die er zich bijna dood aan gewaakt hebben.

Zij was oud, zeer oud. Op een paar jaar na weet ik niet hoe oud zij precies was. Ziek was ze eigenlijk niet, maar grondig versleten.

Mijn oudste zuster, waar ze bij inwoonde, was goed voor haar. Zij weekte haar brood, zorgde voor stoelgang en gaf haar aardappelen te schillen om ze bezig te houden. Zij schilde, schilde, als voor een leger. Wij brachten allemaal onze aardappelen bij mijn zuster en dan kreeg zij die van madame van boven en van een paar buren óók nog, want toen ze eens geprobeerd hadden haar een emmer reeds geschilde aardappelen nog eens te doen overschillen, wegens gebrek aan voorraad, toen had zij 't gemerkt en warempel gezegd 'die zijn al geschild'.

Toen zij niet meer schillen kon, omdat handen en ogen niet goed meer samenwerkten, toen gaf mijn zuster haar wol en kapok te pluizen dat door het beslapen tot harde nopjes verworden was. Het maakte veel stof en moeder zelf was een en al pluis, van kop tot teen.

Zo ging het maar steeds door, bij nacht zowel als bij dag: dommelen, pluizen, dommelen, pluizen. En daar af en toe een glimlach doorheen. God weet tot wie.

Van mijn vader, die pas een jaar of vijf dood was, wist zij niets meer af. Die had nooit bestaan, al hadden zij negen kinderen gehad.

Wanneer ik haar kwam bezoeken sprak ik wel eens over hem om te proberen zodoende haar levensgeesten weer aan te wakkeren.

Ik vroeg haar dan of zij waarachtig Krist niet meer kende, want zo had hij geheten.

Zij deed zich vreselijk geweld aan om mij te volgen.

Zij scheen te begrijpen dat zij iets begrijpen moest, kwam voorover in haar zetel en staarde mij aan met een gespannen gezicht en zwellende slaapaders: een uitgaande lamp die dreigt te ontploffen bij wijze van afscheid.

Na een korte tijd doofde de vonk weer uit en dan gaf zij die glimlach af die door merg en been ging. Als ik te lang aandrong werd zij bang.

Neen, het verleden bestond voor haar niet meer. Geen Krist, geen kinderen, alleen nog maar kapok pluizen.

Eén ding spookte haar nog door het hoofd, namelijk dat een laatste kleine hypotheek op een van haar huizen nog niet afbetaald was. Wilde zij dat sommetje eerst nog bijeen-scharrelen?

Mijn brave zuster sprak over haar, waar zij bij zat, als over iemand die afwezig was: 'Zij heeft goed gegeten. Zij is erg lastig geweest vandaag.'

Toen zij niet meer pluizen kon zat zij nog een tijdlang met haar blauwe knokkelhanden parallel op haar schoot of urenlang krabbelend aan haar zetel alsof het pluizen nog nawerkte. Zij onderscheidde gisteren van morgen niet meer. Beide betekenden nog slechts 'nu niet'. Kwam het doordat haar gezicht verzwakte of doordat zij te allen tijde door kwade geesten bereden werd? In ieder geval wist zij niet meer of het dag of nacht was, stond op als zij liggen moest en sliep als zij had moeten praten.

Als zij zich vasthield aan muren en meubelen, dan kon zij nog wat lopen. 's Nachts, als allen sliepen, stond zij op, sukkelde tot in haar zetel en begon kapok te pluizen die er niet was, of zocht zo lang tot zij de koffiemolen te pakken kreeg, als was zij van plan voor een of andere medestander koffie te zetten.

En steeds die zwarte hoed op haar grijze kop, ook bij

nacht, als gereed om uit te gaan. Gelooft gij in hekserij?

Eindelijk ging zij liggen en toen zij gelaten die hoed liet afnemen wist ik dat ze niet meer zou opstaan.

II

Die avond had ik tot middernacht kaart gespeeld in de Drie Koningen en een viertal Pale-Ales gedronken, zodat ik in de beste conditie was om de hele nacht in één adem door te slapen.

Ik probeerde mij zo stil mogelijk uit te kleden, want mijn vrouw sliep al lang en ik houd niet van dat gezanik.

Toen ik echter op één been ging staan om mijn eerste kous uit te trekken, viel ik tegen de nachttafel aan en zij schoot wakker.

'Schaam je,' begon het.

En daarop klonk de straatbel door ons stille huis, zodat mijn vrouw rechtop ging zitten.

's Nachts is zo'n bel plechtig.

Wij wachtten beiden tot het gegalm in de trapzaal weggestorven was, ik met kloppend hart en met mijn rechtervoet in mijn handen.

'Wat mag dat zijn?' fluisterde zij. 'Kijk eens door het venster, je bent toch nog maar half uitgekleed.'

Gewoonlijk liep het zo niet af, maar die bel had haar de adem afgesneden.

'Als je nu niet dadelijk gaat kijken, dan ga ik zelf,' dreigde zij.

Maar ik wist wat het was. Wat kon het anders zijn?

Buiten zag ik voor onze deur een schaduw staan die riep dat hij Oscar was en mij verzocht direct mee te gaan naar moeder. Oscar is een van mijn zwagers, een man die onmisbaar is bij dergelijke gelegenheden.

Ik zei aan mijn vrouw waar het om ging, trok mijn kleren aan en ging de deur openmaken.

''t Is voor vannacht,' garandeerde mijn zwager. 'De doodsstrijd is begonnen. En sla een sjaal om, want het is koud.'

Ik gehoorzaamde en ging met hem mede.

Buiten was het stil en helder en wij stapten flink door als twee die zich naar enig nachtwerk spoedden.

Bij het huis gekomen stak ik machinaal de hand naar de bel uit, maar Oscar hield mij tegen, vroeg of ik mal was en deed de brievenbus zachtjes kleppen.

Wij werden door mijn nichtje opengedaan, een dochter van Oscar. Onhoorbaar deed zij de deur achter ons dicht en zei, dat ik maar naar boven moest gaan, wat ik dan ook deed, achter Oscar aan. Mijn hoed had ik afgenomen, wat anders thuis bij moeder mijn gewoonte niet was.

Mijn broer, mijn drie zusters en madame van boven zaten bijeen in de keuken, naast de kamer waar zij zeker nog steeds lag. Waar zou zij anders gelegen hebben.

Een oude non, nog een nicht van ons, schoof onhoorbaar van de sterfkamer naar de keuken en dan maar weer terug.

Allen keken mij aan alsof ze mij wat te verwijten hadden en één van haar lispelde mij welkom.

Moest ik staan of zitten?

Staan, dan was het als hield ik mij gereed om direct weer weg te gaan. En zitten, alsof ik met de hele toestand vrede nam, ook met die van moeder. Maar daar ze dan toch allen gezeten waren, nam ik óók maar een stoel en ging een beetje achteraf zitten, buiten de schijn van de lamp. Er heerste een ongewone spanning. Misschien omdat ze de klok hadden stilgezet?

Het was verduiveld warm in die keuken. En dan dat stel vrouwen met gezwollen ogen, als hadden zij uien gepeld.

Ik wist niet wat te zeggen.

Vragen hoe het met moeder was, dat ging niet, want iedereen wist dat nu de kabels losgegooid werden.

Huilen zou het beste geweest zijn, maar hoe begonnen? Ineens zo maar een snik geven? Of mijn zakdoek nemen en mijn ogen doppen, nat of niet nat?

Die ongelukkige Pale-Ale begon nu pas te werken, zeker door de hitte in die kleine keuken, zodat het zweet mij uitbrak.

Om iets te doen stond ik op. 'Ga maar eens kijken,' zei mijn broer, die dokter was.

Hij sprak heel gewoon, niet te luid, maar toch zó luidop dat ik nu volkomen zeker was dat mijn nachtwandeling haar doel niet zou missen. Ik volgde zijn raad, want ik vreesde misselijk te worden van dat bier, van de hitte en van de stemming in die keuken. Ze zouden dat wel op rekening van de aandoening gezet hebben, maar stel je voor dat ik aan 't braken was gegaan.

Hier was het frisser en bijna donker, wat mij ook nog meeviel.

Op de nachttafel brandde een eenzame kaars die moeder, op haar hoog bed, niet verlichtte zodat ik van haar doodsstrijd geen hinder had. Onze nicht, de non, zat te bidden.

Toen ik daar een tijdlang gestaan had kwam mijn broer binnen, nam de kaars op, hield ze in de hoogte als bij een fakkeltocht, en verlichtte moeder.

Hij moest iets gezien hebben, want hij ging tot in de keukendeur en verzocht het hele gezelschap aan te treden.

Ik hoorde stoelen verschuiven en daar waren zij.

Even later zei mijn oudste zuster dat het gedaan was, maar de non sprak haar tegen, zeggend dat de twee tranen nog niet gevallen waren. Moesten die soms uit moeder komen?

Het heeft dan nog wel een uur geduurd, ik nog steeds met dat bier, maar toen werd verklaard dat zij dood was.

En zij hadden gelijk, want hoe ik haar innerlijk ook bevel gaf rechtop te komen zitten en de hele bende met haar geduchte glimlach uiteen te drijven, het mocht niet baten. Zij lag zo stil als alleen een dode liggen kan.

't Was nog gauw gegaan en 't had weinig gescheeld of ik was er niet bij geweest.

Ik werd helemaal koud toen het vrouwenkoor begon te huilen en ik niet instemmen kon.

Waar toch vonden zij al die tranen, want dat waren de eerste niet, dat kon ik aan haar gezichten wel zien. Gelukkig weende mijn broer óók niet. Maar hij is dokter en zij weten allen dat hij aan dergelijke taferelen gewoon is, zodat het voor mij toch maar pijnlijk was.

Ik trachtte alles goed te maken door de vrouwen te omhelzen en haar stevig de hand te drukken. Ongehoord vond ik het dat zij zoëven nog leefde en nu niet meer.

En opeens hielden mijn zusters met wenen op, gingen water, zeep en handdoeken halen en begonnen haar te wassen.

De uitwerking van het bier was nu helemaal over, wat wel bewijst dat ik minstens zoveel ontroering voelde als de anderen.

Ik ging weder in de keuken zitten tot haar opschik gereed was en toen werden wij nog eens bij het bed geroepen.

In die korte tijd hadden zij veel werk verricht en het dierbare lijk zag er nu eigenlijk beter uit dan toen het in leven was en voor zich uit had gelachen bij het schillen of pluis trekken. 'Tante is waarlijk mooi,' zei onze nicht de non, met een blik van voldoening op bed en moeder.

En die moet het weten, want zij is zwartzuster in Lier, een soort die vanaf haar jeugd tot haar laatste dag van de ene zieke naar de andere gestuurd wordt en dus ieder ogenblik bij een lijk zit.

Daarop werd door mijn nichtje koffie gezet, die de vrouwen wel verdiend hadden en Oscar kreeg vergunning de begrafenis toe te vertrouwen aan een van zijn vrienden die volgens hem minstens zo goed en goedkoop was als enige andere. ''t Is goed Oscar,' zei mijn oudste zuster met een vermoeid gebaar, alsof zij in die prijskwestie niet het minste belang stelde.

Ik zag dat het samen zijn op zijn einde liep maar durfde niet goed het voorbeeld geven omdat ik de laatste gekomen was.

Een van mijn zusters geeuwde terwijl zij nog enkele tranen liet vallen en toen zette mijn broer zijn hoed op, drukte allen nog eens de hand en ging heen.

'Ik zal met Karel maar medegaan,' zei ik nu. Dat waren, geloof ik, de eerste woorden die ik uitbracht. Zij konden de indruk geven dat ik medeging om Karels wille, want zelfs een dokter kan immers behoefte hebben aan een trooster?

En zo geraakte ik het huis uit.

Het was drie uur toen ik in onze slaapkamer weder met mijn voet in de handen stond en mijn kous uittrok.

Ik viel omver van de slaap en om alles niet te moeten vertellen zei ik maar dat de toestand onveranderd was.

Over de begrafenis valt weinig te zeggen. Die verliep normaal en ik zou er niet van gewagen, evenmin als van het hele sterfgeval, was het niet dat ik daardoor met mijnheer Van Schoonbeke in betrekking gekomen ben.

Zoals gebruikelijk stonden mijn broer, ikzelf, mijn zwagers en vier neven in een halve maan rond de kist, voor die weggehaald werd. Mindere familie, vrienden en kennissen, kwamen nu binnen en gingen rond, ieder van ons de hand drukkend met een gefluisterd woord van deelneming of met een strakke blik, vlak in mijn ogen. Er kwamen er veel, eigenlijk veel te veel vond ik, want het bleef duren.

Mijn vrouw had een rouwband om mijn arm gedaan, want ik had met mijn broer afgesproken geen rouwkostuum te laten maken, omdat je daar na de begrafenis zo weinig aan hebt. En die ellendige band was zeker te breed, want hij zakte voortdurend af. Om de drie of vier handdrukken moest ik hem telkens opschuiven. En toen kwam ook mijnheer Van Schoonbeke, een vriend en tevens een klant van mijn broer. Hij deed zoals de anderen gedaan hadden, maar chiquer en met meer bescheidenheid. Een man van de wereld, dat zag ik wel.

Hij ging mede naar kerk en kerkhof en toen alles in orde was stapte hij met mijn broer in een van de rijtuigen. Daar werd ik aan hem voorgesteld en hij nodigde mij uit eens bij hem op bezoek te komen. En dat heb ik gedaan.

III

Die mijnheer Van Schoonbeke behoort tot een oude, rijke familie. Hij is vrijgezel en woont alleen in een groot huis, in een van onze mooiste straten.

Geld heeft hij in overvloed en al zijn vrienden hebben óók geld. Het zijn meestal rechters, advocaten, kooplieden, of gewezen kooplieden. Ieder lid van dat gezelschap bezit minstens één auto, behalve mijnheer Van Schoonbeke zelf, mijn broer en ik. Maar mijnheer Van Schoonbeke zou een auto *kunnen* hebben, als hij wilde, en niemand weet dat beter dan zijn vrienden zelf. Zij vinden het dan ook eigenaardig en zeggen wel eens 'die drommelse Albert'.

Met mijn broer en mij is het iets anders.

Als dokter heeft hij voor het niet bezitten van een auto geen enkele gezonde verontschuldiging, te meer daar hij fietst en zodoende laat blijken dat hij er best een zou kunnen gebruiken. Maar voor ons, barbaren, is een dokter heilig en staat naast de priester. Door zijn dokterschap alleen is mijn broer dus min of meer presentabel, ook zonder auto. Want in zijn milieu heeft mijnheer Van Schoonbeke eigenlijk het recht niet er vrienden zonder geld of titels op na te houden.

Als zij binnenkomen en hem met een onbekende betrappen, dan stelt hij de nieuweling zó voor dat allen minstens honderd percent meer van de man denken dan hij om het lijf heeft. Een chef de rayon noemt hij directeur en een kolonel in burgerdracht stelt hij als generaal voor.

Met mij echter was het een moeilijk geval.

Je weet dat ik klerk ben bij de General Marine and Shipbuilding Company, zodat hij niets had om zich aan vast te klampen. Een klerk heeft niets heiligs over zich.

Hij staat moedernaakt op de wereld.

Twee seconden dacht hij na, langer niet, en stelde mij dan voor als 'mijnheer Laarmans van de Scheepstimmerwerven'.

Onze Engelse firmanaam vindt hij te lang om te onthouden en ook te precies. Want hij weet dat er in de hele stad geen grote firma bestaat of een van zijn vrienden kent iemand van de directie die hem op staande voet omtrent mijn sociale nietigheid zou kunnen inlichten. 'Klerk' zou nooit in zijn hoofd gekomen zijn, want dat was mijn doodvonnis geweest. En verder moest ik mij nu maar zelf uit de slag trekken. Hij heeft mij die maliënkolder gegeven, maar meer kan hij niet doen.

'Mijnheer is dus ingenieur,' vroeg mij een man met gouden tanden, die naast mij zat.

'Inspecteur,' zei direct mijn vriend Van Schoonbeke, die weet dat ingenieur een bepaalde hogeschool, een diploma en te veel technische kennissen insluit om voor mij, bij de eerste conversatie, geen moeilijkheden op te leveren.

Ikzelf lachte, om ze te doen geloven dat er ook nog enig geheim achter stak dat ten gepasten tijde misschien onthuld zou worden.

Zij keken tersluiks naar mijn pak dat gelukkig bijna nieuw was en er mee door kon, al zit er weinig snit in, en daarop lieten zij mij links liggen.

Zij praatten eerst over Italië, waar ik nooit geweest ben, en ik doorreisde met hen het hele land van Mignon: Venetië, Milaan, Florence, Rome, Napels, Vesuvius en Pompeï. Ik heb er wel eens over gelezen, maar voor mij blijft Italië slechts een vlek op de landkaart, zodat ik zweeg. Over de kunstschatten werd niets gezegd, maar de Italiaanse vrouwen waren prachtig en vol hartstocht.

Toen zij daar genoeg van hadden, bespraken zij de moeilijke toestand van de eigenaars. Veel huizen stonden ledig en allen verklaarden dat hun huurders onregelmatig betaalden. Ik wilde protest aantekenen, niet in naam van mijn huurders, want die heb ik niet, maar omdat ikzelf totnogtoe steeds op tijd betaald heb, doch het ging reeds over hun auto's: vier- en zescilinders, garagetarieven, benzine en smeerolie, zaken waar ik natuurlijk niet over meespreken kan.

En nu werd een overzicht gegeven van wat de laatste week gebeurd was in families die 't vernoemen waard zijn.

'De zoon van Gevers is dus getrouwd met de dochter van Legrelle,' zegt er een.

Het wordt niet medegedeeld als een nieuwstijding, want allen weten het reeds behalve ik, die nooit van bruid noch bruidegom gehoord heb, maar veeleer als een punt van de dagorde waarover gestemd moet worden. Zij geven hun goed- of afkeuring naar gelang beide partijen evenwichtige fortuinen medegebracht hebben of niet.

Allen zijn van dezelfde opinie, zodat aan discussie geen tijd wordt verspild. Ieder van hen spreekt slechts gemeenschappelijke gedachten uit.

'Delafaille is dus afgetreden als voorzitter van de Kamer van Koophandel.'

Ik heb nooit van die man gehoord, maar zij weten niet alleen dat hij bestaat en ontslag heeft genomen, maar meestal kennen zij de ware reden: officiële ongenade wegens faillissement, een of andere geheime ziekte, een schandaal met vrouw of dochter, of ook wel omdat hij er eenvoudig genoeg van had.

Dat 'journal parlé' neemt het grootste gedeelte van de avond in beslag en is voor mij de pijnlijkste periode, want ik moet mij bepalen tot knikken, lachen of wenkbrauwen optrekken.

Ja, ik leef daar voortdurend in angst en laat er meer zweet dan bij 't sterven van moeder. Je weet nu hoe ik toen geleden heb maar dat was tenminste in één nacht over, terwijl het bij Van Schoonbeke iedere week opnieuw begint en het reeds afgezwete niet in mindering komt van wat mij nog te wachten staat.

Aangezien zij, buiten het huis van mijn vriend, geen omgang met mij hebben, kunnen zij mijn naam niet onthouden en gaven mij in 't begin allerlei namen die op de mijne slechts geleken. En daar ik toch niet telkens terechtwijzen kon, door steeds maar te herhalen 'pardon, Laarmans', zijn zij er ten slotte toe gekomen eerst mijn vriend Van Schoonbeke aan te kijken en tot hem, waar ik bij zit, te zeggen 'uw vriend beweert dat de liberalen'. En dan pas kijken zij in mijn richting. Het noemen van mijn naam is op die manier overbodig. En 'uw vriend' betekent dan tevens dat die Van Schoonbeke er mooie vriendjes begint op na te houden.

Eigenlijk vinden zij 't zelfs beter dat ik maar helemaal zwijg, want als ik spreek is het telkens voor een van hen een hele karwei. Uit beleefdheid jegens de gastheer is er dan een gedwongen mij een overzicht te geven van de geboorte, de jeugd, de studies, het huwelijk en de carrière van een of andere lokale beroemdheid waarvan zij die avond alleen de begrafenis wilden bespreken.

Aan de restaurants heb ik ook een broertje dood.

'Verleden week heb ik met mijn vrouw een snep gegeten in de Trois Perdrix in Dijon.'

Waarom hij zegt dat zijn vrouw heeft medegegeten, begrijp ik niet.

'Dus een escapade met je wettige vrouw, kerel,' zegt een ander.

En dan gaan zij restaurants noemen, tegen elkander op, niet alleen in België maar tot ver in 't buitenland.

De eerste keer, toen ik nog niet zo schuw was, vond ik het mijn plicht er ook een te citeren en wel in Duinkerken. Een schoolkameraad had mij jaren geleden gezegd dat hij daar gedineerd had, op zijn huwelijksreis. En ik had de naam onthouden omdat het de naam van een bekend vrijbuiter is.

Ik hield mijn restaurant gereed en wachtte op een gunstige gelegenheid.

Maar zij hadden het ditmaal over Saulieu, Dijon, Grenoble, Digne, Grasse en waren dus blijkbaar op weg naar Nice en Monte Carlo, zodat ik nu bezwaarlijk Duinkerken vernoemen kon. Het zou een indruk hebben gemaakt als van een die plotseling met Tilburg komt aanzetten terwijl de restaurants van de Rivièra worden opgesomd.

'Of je 't nu gelooft of niet, maar verleden week heb ik in Rouen, in de Vieille Horloge, voor dertig frank hors d'œuvres variés, kreeft, een halve kip met truffels, kaas en dessert gegeten,' werd opeens verklaard.

'Was die kreeft soms geen ingemaakte Japanse krab, vader?' vroeg iemand.

'En je truffels gehakte prostaat?'

Rouen is niet ver van Duinkerken en dat was een enige kans die niet onbenut mocht blijven. Ik maakte dan ook van de eerste stilte gebruik en zei opeens: 'De Jean-Bart in Duinkerken is óók uitstekend.'

Al had ik er mij nog zó op voorbereid, toch schrikte ik van mijn eigen stem.

Ik sloeg de ogen neer en wachtte op de uitwerking.

Gelukkig had ik niet verklaard er zelf de laatste weken geweest te zijn, want dadelijk zei er een dat die Jean-Bart al een jaar of drie niet meer bestaat en dat het nu een bioscoop is.

Ja, hoe meer ik zeg hoe beter zij inzien dat ik niet alleen geen auto heb maar er nooit een hebben zal. Zwijgen is dus de boodschap, want zij beginnen mij in de gaten te houden en vragen zich zeker af hoe Van Schoonbeke er toe gekomen is mij gastvrijheid te verlenen. Was het niet voor mijn broer, die door Van Schoonbeke wel eens patiënten krijgt, ik zou het hele gezelschap al lang naar de duivel hebben gezonden.

Met de week werd het mij duidelijker dat mijn vriend in mij een hinderlijke protégé heeft en dat het zo niet kon blijven duren, toen hij mij verleden woensdag plotseling vroeg of ik er niets voor voelde vertegenwoordiger in België van een grote Nederlandse firma te worden. Het waren zeer ondernemende mensen, voor wie hij pas een groot proces gewonnen had. Ik kon het agentschap direct krijgen. Het was voldoende dat hij mij zou aanbevelen, en daartoe was hij gaarne bereid. Er was geen geld voor nodig.

'Denk er eens over na,' raadde hij. 'Er is veel mee te verdienen en jij bent de geschikte man.'

Dat was wel een beetje brutaal van hem, want ik vind dat niemand mij geschikt vinden moet voor dat ik mijzelf geschikt heb gevonden. Maar toch was het aardig dat hij mij zonder enige conditie in de gelegenheid stelde mijn eenvoudige plunje van klerk bij de General Marine and Shipbuilding Company uit te trekken en zo maar ineens koopman te worden. Zijn vrienden zouden dan wel vanzelf vijftig percent van hun hooghartigheid laten vallen. Met hun beetje centen!

Ik vroeg hem dan ook wat voor soort handel zijn Hollandse vrienden dreven.

'In kaas,' zei mijn vriend. 'En dat marcheert altijd, want eten moeten de mensen tóch.'

IV

Op de tram, onder 't naar huis rijden, voelde ik mij al een heel ander mens.

Je weet dat ik naar de vijftig loop en mijn dertig jaren dienstbaarheid hebben natuurlijk hun stempel op mij gedrukt.

Klerken zijn nederig, veel nederiger dan werklieden die door opstandigheid en eendracht enige eerbied hebben afgedwongen. Men zegt zelfs dat zij in Rusland de heren geworden zijn. Als het waar is dan hebben zij dat verdiend, dunkt mij. Zij schijnen het trouwens met hun bloed gekocht te hebben. Maar klerken zijn over 't algemeen weinig gespecialiseerd en passen zo goed in elkaar dat zelfs een man met een lange ondervinding een trap onder zijn vijftigjarige trouwe kont krijgt en vervangen wordt door een ander die even goed en goedkoper is.

Daar ik dat weet en kinderen heb, vermijd ik zorgvuldig kwestie te krijgen met onbekenden, want het kunnen vrienden van mijn patroon zijn. Ik laat mij dus op de tram een beetje verdringen en doe niet te heftig als iemand op mijn tenen trapt.

Maar die avond kon het mij alles niets meer schelen. Die kaasdroom zou immers in vervulling gaan?

Ik voelde dat mijn ogen reeds een vastere blik afgaven en stak mijn handen in mijn broekzakken met een losheid die mij een half uur tevoren nog volkomen onbekend was.

Thuis gekomen ging ik heel gewoon aan tafel zitten, soupeerde zonder een woord over de nieuwe mogelijkheid die zich voor mij opende en moest innerlijk lachen toen ik zag hoe mijn vrouw met haar gewone zuinigheid de boter smeerde en het brood sneed. Nu ja, zij kon niet vermoeden dat zij morgen misschien de vrouw van een koopman zou zijn.

Ik at zoals altijd, niet meer of niet minder, niet haastiger of niet langzamer. Met één woord, ik at als iemand die er in berust dat hij zijn jarenlange knechtschap bij de General Marine and Shipbuilding Company met nog een onbepaald aantal jaren zal moeten aanvullen.

En toch vroeg mijn vrouw wat ik aan de hand had.

'Wat *zou* ik aan de hand hebben?' vroeg ik terug.

En daarop begon ik het huiswerk van mijn twee kinderen na te zien.

Ik ontdekte een krakende fout in een participe passé en verbeterde die zo zwierig en vriendelijk dat mijn zoontje verrast opkeek.

'Waarom kijk je zo, Jan?' vroeg ik.

'Ik weet het niet,' lachte de jongen, met een blik van verstandhouding in de richting van mijn vrouw.

Hij scheen dus ook al iets aan mij te merken. En ik die altijd gedacht heb dat ik mijn gevoelens meesterlijk verbergen kon. Dat moet ik dan toch zien te leren, want in de handel zal dat zeker te pas komen. En als mijn gezicht zo'n open boek is, dan moet er tijdens het 'journal parlé' dikwijls moord en doodslag op te lezen staan.

Het echtelijk bed vind ik de meest geschikte plaats voor het bespreken van ernstige aangelegenheden. Daar ben je tenminste alleen met je vrouw. De dekens dempen de stemmen, de duisternis bevordert het nadenken en daar je elkander niet zien kunt, wordt geen van beiden beïnvloed door de aandoening van de tegenpartij. Daar wordt alles medegedeeld wat men met open vizier niet goed durft te zeggen en daar was het dan ook dat ik, toen ik goed op mijn rechterzijde lag, na een inleidende stilte aan mijn vrouw zei, dat ik koopman ging worden.

Aangezien zij sedert jaren slechts onbenullige confidenties te horen heeft gekregen, deed zij 't mij herhalen en wachtte op een nadere verklaring die ik haar in rustige, duidelijke, ik zal maar vast zeggen 'zakelijke' termen gaf. In vijf minuten tijds kreeg zij een overzicht van Van Schoonbekes vriendenkring, van hun natuurlijk, ongewild kleineren, en van het voorstel waarmede hij mij zo onverwachts naar huis had gestuurd.

⸳ Mijn vrouw luisterde aandachtig, want zij bleef zo stil liggen als een muis, zonder kuchen en zonder zich om te keren. En daar ik zweeg vroeg zij wat ik van plan was te doen en of ik mijn betrekking bij de General Marine and Shipbuilding Company dan ging opgeven.

'Ja,' zei ik losjesweg, 'dat moet wel. Ergens klerk zijn en bovendien zaken doen voor eigen rekening, dat gaat immers niet? Hier valt kordaat te decideren.'

'En 's avonds?' werd gevraagd, na een nieuwe stilte.

' 's Avonds is het donker,' zei ik.

Die was raak, want het bed kraakte en mijn vrouw keerde zich om als had zij besloten mij in mijn koopmanschap te laten stikken. Ik moest dus zelf weer los komen.

'Wat 's avonds?' snauwde ik.

' 's Avonds de zaken doen,' hield zij vol. 'Wat zijn het voor zaken?'

Ik moest nu wel bekennen dat het in kaas was. 't Is vreemd, maar ik vond aan dat artikel iets walgelijks en iets belachelijks. 't Zou mij liever geweest zijn indien ik in iets anders had mogen handelen, bij voorbeeld bloembollen en gloeilampen, die toch ook specifiek Hollands zijn. Zelfs haring, maar dan bij voorkeur droge, zou ik met nog meer ijver verkocht hebben dan kaas. Maar die firma over de Moerdijk kon, om mijnentwille, toch niet van bedrijf veranderen, dat begreep ik wel.

'Een raar artikel, vind je niet?' vroeg ik.

Maar dat vond mijn vrouw nu juist niet.

'Dat marcheert altijd,' meende zij, precies zoals Van Schoonbeke gezegd had.

Die aanmoediging deed mij deugd en ik zei dat ik de General Marine and Shipbuilding Company de volgende ochtend maar vast naar de bliksem zou zenden. Ik wilde toch nog even naar kantoor gaan om afscheid te nemen van mijn collega's.

'Maar begin dan toch met dat agentschap aan te vragen,' meende mijn vrouw. 'En dan kan je altijd nog zien wat je te doen staat. Je lijkt wel bezeten.'

Dat laatste was erg oneerbiedig tegenover een man van zaken, maar de raad was goed. Trouwens, ik had dat wel gezegd, maar daarom zou ik het nog niet gedaan hebben, hoor. Als je met vrouw en kinderen zit moet je dubbel voorzichtig zijn.

's Anderendaags ging ik mijn vriend Van Schoonbeke naam en adres vragen, alsook een woordje van aanbeveling en nog diezelfde avond schreef ik een flinke zakelijke brief naar Amsterdam, een van de beste brieven die ik ooit geschreven heb. Ik ging hem zelf posten, want zo iets mag je aan geen derden toevertrouwen, ook niet aan je eigen kinderen.

Het antwoord bleef niet uit. Het kwam zo gauw dat ik er van schrikte en wel in de vorm van een telegram: 'Verwachten u morgen elf uur hoofdkantoor Amsterdam. Zullen reiskosten vergoeden.'

Ik moest er nu iets op vinden om de volgende dag niet naar kantoor te moeten gaan en mijn vrouw suggereerde een begrafenis. Maar dat beviel mij niet omdat ik zo pas, voor de begrafenis van moeder, reeds een dag was thuisgebleven. Voor de eerste de beste neef kan je toch moeilijk van kantoor weg blijven, tenminste geen hele dag.

'Zeg dan dat je ziek bent,' zei mijn vrouw. 'Je kan het vandaag al voorbereiden. Er is griep genoeg in de stad.'

Ik heb op kantoor dan maar met mijn hoofd in mijn handen gezeten en morgen ga ik naar Amsterdam om kennis te maken met de firma Hornstra.

V

De kaasfilm begint zich voor mij te ontrollen. Hornstra heeft mij aangesteld als algemeen vertegenwoordiger voor België en het Groothertogdom Luxemburg. '*Officieel* vertegenwoordiger,' zegt hij, al begrijp ik dat niet goed. Dat Groothertogdom heeft hij er mij zo maar bijgegeven als ontbrak er iets aan 't gewicht. 't Is wel een heel eind van Antwerpen, maar dan krijg ik toch dat bergland eens te zien. En bij de eerste gelegenheid zal ik die kerels van Van Schoonbeke nu op mijn beurt eens wat restaurants in Echternach, Diekirch en Vianden voorschotelen.

Het was een prettige tocht. Daar Hornstra dan toch de kosten zou vergoeden heb ik tweede klas gereisd in plaats van derde. Naderhand is mij gebleken dat zij eerste klasse verwacht hadden. Ook heb ik te laat bedacht dat ik derde had kunnen nemen en 't verschil in mijn zak steken. Maar het zou niet correct geweest zijn, vooral niet bij de eerste kennismaking.

Ik was zo geestdriftig dat ik geen vijf minuten op mijn plaats kon blijven en toen de douane mij vroeg of ik niets aan te geven had, zei ik gulweg 'wel neen!' Daarop zei echter de commies dat 'wel neen' geen antwoord was en dat ik ja of neen zeggen moest. Ik merkte dus al dadelijk dat je met die Hollanders moet oppassen. En bij Hornstra werd zulks bevestigd, want die zei geen woord te veel en in een half uur tijds was ik afgemonsterd en betaald en stond ik met mijn contract in mijn zak op de straat. De brief van mijn vriend Van Schoonbeke had de doorslag gegeven, want wat ik ook vertelde van mijn aangeboren kwaliteiten, Hornstra luisterde niet eens, maar na de brief te hebben opgeborgen vroeg hij hoeveel ton ik dacht te kunnen omzetten.

Dat was een lastige vraag. Hoeveel Hollandse kaas werd in België per jaar verslonden en op welk percentage van dat totaal zou ik de klauw kunnen leggen? Ik had er geen flauw benul van. Ging dat 'omzetten' zoals hij het noemt, vlot van de hand?

Mijn jarenlange dienstbaarheid bij de General Marine and Shipbuilding hielp mij aan geen antwoord en ik voelde dat een cijfer noemen niet aan te raden was.

'Klein beginnen is voorzichtig,' zei opeens Hornstra die zeker vond dat ik lang genoeg had nagedacht. 'Ik zend u de volgende week twintig ton volvette Edammer in onze nieuwe patentverpakking. En naar gelang u die verrekent zal ik uw voorraad aanvullen.'

Daarop legde hij mij een contract ter ondertekening voor, dat hierop neerkomt: ik ben zijn vertegenwoordiger tegen vijf percent op de verkoopprijs, een vast salaris van driehonderd gulden en betaalde reiskosten.

Toen ik getekend had belde hij, stond op, drukte mij de hand en voor ik nog helemaal zijn kantoor uit was zat er reeds een andere bezoeker in mijn zetel.

Buiten komend was ik als dol en ik moest mijzelf geweld aandoen om niet, als Faust, te zingen 'à moi les désirs, à moi les maîtresses'.

Driehonderd gulden per maand, dat was meer dan het dubbele van mijn salaris bij de General Marine and Shipbuilding en daar had ik sedert lang mijn maximum bereikt, zodat ik al een paar jaar mijn eerste loonsvermindering verwachtte. Want op onze werf ga je van nul tot honderd en dan weer terug naar nul.

En dan die betaalde reiskosten! Ik was de straat nog niet uit of ik had al begrepen dat onze vakantiereis voortaan op rekening van Hornstra komt. In Dinant of La Roche loop ik dan 's avonds maar gauw even een kaaswinkel binnen.

Van Amsterdam herinner ik mij zo goed als niets, want het enige dat ik er gezien heb, zag ik als in een roes. Later heb ik van derden moeten horen dat er zoveel fietsers zijn en zoveel sigarenwinkels en dat de Kalverstraat zo lang, smal en druk is. Ik gunde mij nauwelijks de tijd ter plaatse te dineren en nam de eerste de beste trein naar België, zo'n haast had ik mijnheer Van Schoonbeke en mijn vrouw deelgenoten te maken van mijn geluk.

Aan de thuisreis scheen geen eind te komen. Onder mijn medereizigers waren blijkbaar ook een paar mensen van zaken, want twee van hen zaten verdiept in dossiers. Een maakte zelfs aantekeningen in de marge, met een gouden vulpen. Zo'n vulpen moet ik nu ook hebben, want telkens bij je klanten pen en inkt vragen om hun bestellingen te noteren, dat gaat niet.

Het was niet uitgesloten dat die ene man ook in kaas deed. Ik wierp een blik op zijn handkoffers, boven in 't net, maar dat hielp niet.

Het was een fijn geklede heer, verzorgd van linnen, met zijden kousen en een gouden lorgnet. Kaas of geen kaas?

Tot in Antwerpen zwijgen, dat was mij onmogelijk. Ik zou gebarsten zijn. Spreken moest ik, of zingen. En daar zingen in de trein niet ging, maakte ik gebruik van het stoppen in Rotterdam om te zeggen dat de economische toestand in België wel iets beter scheen te worden.

Hij keek mij strak aan, als profiteerde hij van mijn gezicht om er iets op te vermenigvuldigen en stiet een korte klank uit in een onbekende taal. Die mensen van zaken toch!

Het toeval wilde dat het woensdag was en dat ik rond vijf uur arriveerde. En daar de wekelijkse kletspartij bij Van Schoonbeke op woensdag rond half zes aanving, ging ik naar zijn huis om hem in de gelegenheid te stellen zijn vrienden van mijn sociale promotie op de hoogte te brengen.

Hoe jammer dat mijn moeder niet had gewacht tot zij dat nog had medegemaakt.

Voor Van Schoonbeke zou het in ieder geval een opluchting zijn dat die klerk bij de General Marine and Shipbuilding tot het verleden behoorde.

Onderweg bleef ik staan voor een kaaswinkel en bewonderde de etalage. In het helle licht van een zwerm gloeilampen lagen daar kazen en kaasjes, van allerlei vorm en herkomst, naast en op elkander. Uit al onze buurstaten waren zij hier samengestroomd.

Reusachtige Gruyères, als molenstenen, deden dienst als fondament en daar bovenop lagen Chesters, Gouda's, Edammers en talrijke kaassoorten die mij volkomen onbekend waren, een paar van de grootste met opengespalkte buik en blootliggende ingewanden. De Roqueforts en Gorgonzola's pronkten liederlijk met hun groene schimmel en een eskadron Camemberts liet vrij hun etter lopen.

Uit de winkel kwam een ademtocht van verrotting, die echter verminderde toen ik er een tijdlang stond.

Ik wilde niet wijken voor die stank en zou pas weggaan als ikzelf vond dat het tijd werd. Een man van zaken moet gehard zijn als een poolreiziger.

'Stinkt maar op!' zei ik uitdagend.

Had ik een zweep gehad, dan was ik ze te lijf gegaan. 'Ja, mijnheer, het is niet uit te houden,' antwoordde een dame die naast mij stond en die ik niet had zien komen.

Dat hardop denken op de openbare weg moet ik zien af te leren, want ik heb wel eens meer mensen doen schrikken. Voor een anonieme klerk heeft dat weinig belang, maar voor een man van zaken is het iets anders.

Ik spoedde mij nu naar mijn vriend Van Schoonbeke toe, die mij geluk wenste met mijn succes en mij aan zijn vrienden opnieuw voorstelde alsof zij mij voor 't eerst zagen.

'Mijnheer Laarmans, groothandelaar in voedingswaren.' En daarop schonk hij de glazen vol.

Waarom had hij 'voedingswaren' gezegd in plaats van kaas? Hij scheen dus óók iets tegen dat artikel te hebben, zowel als ikzelf.

Wat mij betreft, ik moest mij daar ten spoedigste overheen zetten, want een man van zaken moet vertrouwd en vergroeid zijn met zijn artikel. Hij moet er mede leven. Hij moet er in ploeteren. Hij moet er naar ruiken. Dat laatste zou met kaas niet moeilijk zijn, maar ik bedoel het meer in figuurlijke zin.

Alles wel beschouwd is kaas, behalve dan de lucht, een edel artikel, vind je niet? Het wordt sedert eeuwen gefabriceerd en 't is een van de eerste bronnen van rijkdom van de Hollanders, die een broedervolk van ons zijn. Het dient tot voeding van groot en klein, van jong en oud. Iets dat door de mens gegeten wordt krijgt daardoor vanzelf een zekere adel over zich. Ik geloof dat de joden hun eetwaren zegenen en moet een christenmens niet bidden voor hij kaas eet?

Dan hadden mijn collega's in meststoffen heel wat meer reden tot klagen. En afval van vis, ingewanden van zoogdieren, krengen en dergelijke. Die worden óók verhandeld tot zij op de plaats komen waar zij aan 't mensdom hun laatste dienst bewijzen.

Onder Van Schoonbekes geregelde tafelgangers waren verscheidene kooplieden, alvast twee in granen, want daar hadden zij het al over gehad. Waarom moest kaas worden achtergesteld bij graan? Ik zou ze dat vooroordeel wel spoedig afheksen. Wie 't meest verdient is tenslotte de baas, de toekomst ligt voor mij open en ik ben vast besloten mijn hele ziel in die kaas te leggen.

'Hier is een goed plaatsje, mijnheer Laarmans,' zei de bezoeker wiens houding mij altijd het meest had tegengestaan. Niet die met zijn tanden, maar een chique, kale vent die goed praatte en geestig kon zijn, zelfs tijdens het 'journal parlé,' dat mij zo de keel uithing.

En meteen maakte hij plaats, zodat ik ditmaal, voor het eerst, waarlijk in hun kring zat. Vroeger hield ik altijd een hoek bezet, aan 't eind van de lange tafel, zó dat zij mij niet konden aankijken zonder zich bijna helemaal om te keren, want uit beleefdheid zaten zij schuin, naar de gastheer toegekeerd.

Voor het eerst ook stak ik mijn duimen in mijn vestzakje en tokkelde met mijn vingers een marstempo op mijn buik, als iemand die er het zijne van weet. Van Schoonbeke had het gezien en lachte welgevallig in mijn richting.

Dat zij 't gesprek direct op het terrein van zaken brachten bewees dat zij met mij rekening begonnen te houden.

Ik zei niet veel, maar zei nu toch iets, onder andere 'voedingswaren marcheren altijd', en zij gaven mij allemaal gelijk.

Herhaaldelijk werd ik aangekeken, als vroeg er een om mijn goedkeuring, die ik telkens direct gaf, door een meegaand hoofdknikje. Je moet coulant zijn met de mensen, voorals als je koopman bent. Maar om hun geklets niet telkens te beamen, zei ik toch maar eens 'dat staat te bezien'. Waarop de kerel in kwestie, een die anders geen tegenspraak kon uitstaan, zeer inschikkelijk 'dat spreekt vanzelf' antwoordde, blij dat hij er zo was afgekomen.

Toen ik vond dat mijn succes voor één dag voldoende was, zei ik opeens: 'En de restaurants, heren? Wat heeft men deze week voor lekkers gegeten?'

Dat was het toppunt. Het hele gezelschap keek mij dankbaar aan, zo blij waren zij dat ik ze met een echt koninklijk gebaar de weg naar hun geliefkoosd terrein had gewezen.

Totnogtoe was ik altijd als laatste weggegaan omdat ik het nooit had aangedurfd eerst op te staan en zodoende de harmonie van dat zittend gezelschap te breken. Als zij allen weg waren had ik bovendien een gelegenheid om mijn hart te luchten en mij tegenover Van Schoonbeke, onder vier ogen, te verontschuldigen zowel voor het weinige dat ik gedaan of gezegd had in de loop van de avond, als voor alles wat ik had nagelaten te doen of te zeggen. Maar ditmaal keek ik op mijn horloge, zei luidop: 'Verduiveld, kwart over zeven. Adieu, heren, en veel plezier hoor,' huppelde de tafel rond als iemand die het druk heeft, gaf ze ieder nog een handje en liet ze zitten waar zij goed voor waren.

Van Schoonbeke deed mij uitgeleide, klopte gemoedelijk op mijn rug en zei dat het prachtig geweest was.

'Je hebt een grote indruk gemaakt,' verzekerde hij. 'En veel succes met je kaas.'

Nu wij alleen in de gang stonden noemde hij kaas eenvoudig kaas. Boven waren het voedingswaren.

Welnu ja, kaas is kaas. En was ik een ridder, ik voerde drie kazen van keel op veld van sabel.

VI

Mijn vrouw kreeg het nieuws niet zo maar dadelijk voor-geschoteld, maar moest geduld oefenen tot ik gesoupeerd had. Want van nu af eet ik niet meer, maar dejeuneer, di-neer of soupeer. Ik heb anders een beste vrouw, die boven-dien een voorbeeldige moeder is. Maar ik vind dat zaken als deze niet tot haar bevoegdheid behoren. Ook moet ik erken-nen dat ik nu en dan niet weerstaan kan aan de verzoeking haar te sarren tot ik tranen zie. Die tranen doen mij dan deugd. Ik gebruik haar voor het botvieren van mijn vlagen van woede over mijn sociale minderwaardigheid. En ik pro-fiteerde van mijn laatste uren van knechtschap bij de Gene-ral Marine and Shipbuilding om ze nog eens de volle laag te geven.

Daarom at ik zwijgend tot zij eindelijk ruw werd, niet tegen mij, maar tegen het keukengerei. En na een laatste pauze zag ik tranen haar ogen benevelen, waarop zij naar de keuken trok. Af en toe zo'n dramatische stemming in huis vind ik iets heerlijks.

Ik wandelde nu ook de keuken in, als een haan achter een kip, en onder 't zoeken naar mijn pantoffels zei ik opeens: 'Weet je dat het met die kaas in orde is.'

Ik vind namelijk dat ze dat *behoorde* te weten.

Zij antwoordde niet, maar begon af te wassen, muziek makend met vaatwerk en ijzeren potten, terwijl ik eindelijk, onder 't stoppen van een pijp, verslag uitbracht over mijn wedervaren in Amsterdam.

Ik maakte het nog mooier dan het geweest was, zeggend dat ik er Hornstra had laten inlopen met dat contract.

'Lees maar eens, hier is het stuk,' besloot ik mijn verhaal.

En ik stelde 't haar ter hand, vooruit wetend dat zij dat hoog Nederlands slechts voor de helft zou verstaan en dat al die handelstermen haar voor de ogen zouden dansen.

Zij droogde haar handen af, nam het papier in ontvangst

en ging er mede in de huiskamer zitten.

Voor mij, die duizenden brieven bij de General Marine and Shipbuilding getypt heb, was het hele ding natuurlijk kinderspel. Maar ik bleef met opzet in de keuken scharrelen, want zij moest nu maar eens aan den lijve voelen dat het stellen van zo'n contract toch nog iets heel anders is dan een grote schoonmaak.

'Heb ik dat fijn gelapt?' vroeg ik na een paar minuten van uit de keuken.

En toen ik geen antwoord kreeg loerde ik de huiskamer in, om te zien of zij op mijn contract soms niet in slaap was gevallen.

Maar zij sliep niet. Ik zag ze met inspanning lezen, haar neus niet ver van 't papier en met een wijsvinger volgend om geen regels over te slaan. Nu stond zij ergens stil.

Zó merkwaardig was het stuk nu toch niet dat zij er zich in verdiepen moest als in het verdrag van Versailles. Kaas, vijf percent, driehonderd gulden en daarmee uit.

Ik stapte op de radio toe, gaf een draai en viel op een Brabançonne. 't Was alsof het lied te mijner ere gespeeld werd.

'Leg dat nu toch even stil, anders versta ik helemaal niets meer,' zei mijn vrouw.

En even daarop vroeg zij waarom ik in het contract had gezet dat ze mij te allen tijde 'aan de deur konden smijten'.

Mijn vrouw is dat zo gewoon. Die noemt kaas tenminste kaas.

'Hoe zo, aan de deur smijten,' vroeg ik gepikeerd.

Zij lei haar vinger op artikel negen, dat het laatste was en ik las: 'Mochten de werkzaamheden van de heer Laarmans, voor rekening van de heer Hornstra, een einde nemen, hetzij op verlangen van de heer Laarmans zelf, hetzij op initiatief van de heer Hornstra, dan heeft eerstgenoemde geen aanspraak op enigerlei schadevergoeding, noch op verdere maandelijkse uitkeringen, daar deze laatsten niet als een salaris, maar wel als een voorschot op het eventuele commissieloon, waarmede zij verrekend zullen worden, bedoeld zijn.'

Verduiveld, dat was niet zo eenvoudig. En ik begreep nu waarom zij daar zo lang bij had stil gestaan.

In Amsterdam, en naderhand in de trein, had ik die bepaling wel gelezen maar in de juiste betekenis had ik mij, in mijn geestdrift, niet verdiept.

'Wat betekent "op initiatief van de heer Hornstra",' vroeg zij nu, steeds maar met die vinger op de wond.

Initiatief is een van die woorden die mijn vrouw niet verstaat. Initiatief, constructief, en objectief is voor haar precies hetzelfde. En leg nu maar eens uit wat zo'n woord betekent.

Ik zei dus maar 'wel, initiatief betekent initiatief,' en intussen las ik het artikel in kwestie woord voor woord nog eens over, zo van over haar schouder, en ik moest erkennen dat zij gelijk had. Hornstra had trouwens óók gelijk, want die kon zich toch niet binden tot in 't jaar tweeduizend, indien ik die kaas intussen niet kwijt raakte. Toch stond ik beschaamd.

'Initiatief betekent iets beginnen, Ma,' riep Jan zonder uit zijn schoolboeken op te kijken. Is het niet ergerlijk dat zo'n vijftienjarige snotjongen ongevraagd zijn bek durft open te doen als het over zulke ernstige zaken gaat?

'Je begrijpt toch dat ik niet gedurende onbepaalde tijd zulk een hoog salaris kan aanvaarden, zonder verplichting de geconsigneerde goederen binnen een normale termijn te verkopen,' verklaarde ik. 'Dat zou immoreel zijn.'

Geconsigneerd en immoreel verstaat zij niet, dat weet ik zeker. Overdonderen zal ik haar.

'Trouwens,' zei ik, 'er is niets te vrezen. Indien de verkoop marcheert, dan vraagt Hornstra niet beter dan dat het zo mag blijven duren tot in de eeuwigheid. En reciprociteit in 't buiten smijten heeft ook voor mij een voordelige kant, want je weet nooit of een van Hornstra's concurrenten hier niet komt aanbellen met nog veel mooiere voorwaarden, zodra ze mij op de markt gewaar beginnen te worden.'

Laat die aap van een jongen nu nog maar eens uitleggen wat geconsigneerd, immoreel en reciprociteit betekenen.

Mijn vrouw gaf mij 't papier nu terug.

'Natuurlijk is er geen enkele reden waarom het niet zou marcheren,' troostte zij. 'Je moet maar hard werken. Maar toch zou ik voorzichtig zijn. Op de werf zit je gerust, met een vast salaris.'

Dat noem ik een waarheid als een koe.

VII

De slotsom van ons laatste bedconcilie was dat de kaasonderneming moet doorgezet worden zonder ontslag te nemen op de werf. Mijn vrouw zegt dat mijn broer, de dokter, dat in orde kan maken. Die moet zorgen voor een certificaat waardoor ik drie maanden verlof krijg om uit te rusten en weer op te knappen van een of andere ziekte die mijn broer wel vinden zal. Zijzelf heeft er dat op bedacht.

Persoonlijk ben ik van mening dat het een halfslachtige oplossing is en dat men in dergelijke gevallen het een of het ander moet doen.

Wat donder, men maakt de kaascampagne mee of maakt ze niet mee. En als je eerst stellingen bouwt waarop je kan terugtrekken, dan kom je ook niet vooruit. Er op los, zeg ik!

Maar wat kan ik doen? Zij heeft er de kinderen bijgehaald en die geven haar gelijk. En om nu bij al de beslommeringen van het drukke businessleven, dat mij te wachten staat, ook nog voortdurend huisoorlog te voeren, daar bedank ik voor.

Ik heb er mijn broer over aangesproken.

Hij is twaalf jaar ouder dan ik en neemt de plaats in van vader en moeder, sedert die dood zijn.

Dat verschil van twaalf jaar is niet te overbruggen. Toen ik nog een vlegel was, toen was hij al een man en de verhouding uit die periode is gebleven. Hij beschermt mij, berispt mij, moedigt mij aan en geeft mij raad alsof ik nog steeds op de straat met knikkers speel. Ik moet zeggen dat hij een werkzame en geestdriftige kerel is, vol moed en plichtsbesef en tevreden met zijn lot. Of hij werkelijk van 's morgens tot 's avonds zieken bezoekt, weet ik niet. Maar hij vliegt in ieder geval de hele dag op zijn fiets de stad door en komt iedere middag bij mij thuis even binnenstormen. Dreunend marcheert hij de keuken in waar mijn vrouw staat te koken, licht de deksels op om even te zien en te ruiken, begroet luidruchtig mijn twee kinderen, die dol op hem zijn, vraagt naar onze gezondheid, geeft ons monsters van medicamenten voor allerlei aandoeningen, drinkt zijn glas uit en stormt weer buiten, alles in één adem.

Het heeft moeite gekost hem naar 't eerste deel van de kaaslegende te doen luisteren, want hij is ongeduldig, onderbreekt voortdurend en wil alleen maar weten welke diensten hij in dat alles bewijzen kan.

Toen hij hoorde, dat mijn betrekking bij de General Marine and Shipbuilding in 't gedrang zou kunnen komen, kwam er een strenge trek op zijn open gezicht.

'Dat is een ernstige zaak, kerel, een verduiveld ernstige zaak.'

En opeens liet hij mij staan en ging de keuken in.

'Heeft hij wel aanleg voor de handel?' hoorde ik hem vragen.

'Ja,' zei mijn vrouw, 'dat behoort hij toch zelf te weten.'

'Een ernstige zaak,' herhaalt hij.

'Dat heb ik hem ook gezegd.'

Dat heeft zij ook gezegd! Zij! Zou je ze niet door de ruiten flikkeren?

En intussen sta ik daar, als een grote nul.

Ik had maar net de tijd om bij wijze van protest de radio aan 't spelen te brengen, want daar kwam hij de veranda weer in.

'In jouw plaats zou ik maar eerst terdege nadenken, beste kerel.'

Ik slaag er eindelijk in hem te vertellen dat ik juist wil trachten een verlof van drie maanden te krijgen, want zo ver had hij mij niet laten komen met mijn verhaal, al had ik viermaal geprobeerd.

Hij heeft mij dan laten kiezen tussen een reeks geschikte aandoeningen. Persoonlijk vindt hij zenuwen het beste, omdat ik dan buiten kan komen, zonder dat mijn patroon er iets op aan te merken heeft. En zenuwen schrikt niemand af, zegt hij. Als ik van longen spreek, en je gaat later terug naar de Werf, dan word je geschuwd als de pest. Hij gelooft vast dat het ontginnen van die kaasmijn voor mij slechts een aardigheidje is en dat ik later werkelijk terug naar kantoor zal gaan.

En daarop heeft hij mij een certificaat gegeven.

'Je moet het zelf weten, kerel,' heeft hij nog eens hoofd-schuddend gezegd.

Wat een ander mens ben ik reeds!

Op de werf voel ik mij niet meer thuis en bij het typen van mijn brieven, die over machine- en scheepsbouw handelen, spoken mij die volvette Edammers voor de geest, die over enkele dagen afrollen en dus wel spoedig hier zullen zijn. Ik ben bang in onze bestelbrieven kazen te typen in plaats van slijpstenen of plaatijzer.

Toch ben ik de eerste dag niet tot bij mijnheer Henri geraakt, omdat ik de moed niet had, zodat ik mijn certifi-caat weder mee naar huis heb genomen. Maar het moet, want die dreigende kazen jagen mij op als een hond die zwemmen moet, of hij wil of niet.

Van ochtend ben ik bij Hamer gaan kloppen. Officieel is hij onze hoofdboekhouder, maar in werkelijkheid een echte duivelstoejager die 't vertrouwen van mijnheer Henri dub-bel en dwars verdient. Eerlijk gezegd, een man met wie men praten kan. Hij gaat op zijn elleboog liggen, brengt de hand aan zijn rechteroor, luistert zonder je aan te kijken en begint dan te schuddebollen.

Ik heb mijn certificaat getoond en dan raad gevraagd, want ik weet dat hij niets liever doet dan raad geven. Iedere dag heeft hij zijn zitkwartiertje, als een dokter, en in al dat geraadpleeg voelt hij een erkenning van zijn meerderheid, die niemand in twijfel trekt.

Hij heeft het papier omgekeerd, alsof er ooit op de keerzijde van zo'n certificaat iets staat, diep nagedacht en dan gezegd dat het slap is op de werf, en dat is waar. En als

zij soms merken dat het drie maanden lang met een manne-
tje minder gemarcheerd heeft, dan kon het wel eens ge-
vaarlijk voor mij worden. Ook staat het betalen van salaris,
aan iemand die ziek is, gauw tegen. Maar, zegt hij, als je
goed vindt met ziekenverlof te gaan zonder salaris dan moet
je er met mijnheer Henri niet eens over spreken, want die
zou allicht zeggen, dat de General Marine and Shipbuilding geen ziekenhuis en nog minder een pensioenkas is.
Maar onbetaald durft Hamer het op zich te nemen, zonder
er binnen over te reppen.

'Binnen' is het privé-kantoor van mijnheer Henri, waar
niemand anders komt dan Hamer en de hoofdingenieur. Als
een gewone bediende er ontboden wordt, dan komt hij
terug met een rode kop. Na een bezoek of drie wordt hij
gewoonlijk ontslagen.

'Waarschijnlijk merkt mijnheer Henri niet eens dat u er
niet meer bent,' zegt Hamer.

Dat is best mogelijk. Want toen Hamer verleden jaar met
vakantie was, moest ik, als oudste correspondent, in zijn
plaats naar binnen om de brieven op te nemen. En toen heb
ik gemerkt, dat mijnheer Henri niet wist hoe ik heette. Hij
noemde mij eerst Hamer, zeker uit gewoonte, en later helemaal niet meer.

Ik heb over Hamers voorstel met mijn vrouw nagedacht
en wij zijn van mening, dat het in alle opzichten een patent-
oplossing is. En door ze aan te nemen, bewijs ik weer eens
dat ik mijn handen niet wil vuilmaken aan onverdiend
loon.

Hamer heeft mijn certificaat opgeborgen om zich te kunnen verantwoorden als het mijnheer Henri toch ter ore zou
komen en zo heb ik dan niet eens afscheid van mijn collega's
moeten nemen, want ik word immers terug verwacht? Hamer gelooft werkelijk dat ik terugkom, als ik tenminste
genees. De goeie man begrijpt niet dat hij er in gelopen is en
een werkzaam aandeel heeft in 't opbouwen van mijn for-

tuin. Ik heb mij vast voorgenomen dat later goed te maken met een mooi cadeau.

En nu ligt de kaaswereld voor mij open.

VIII

Het inrichten van zijn kantoor is voor een man van zaken wat het gereed maken van de luiermand voor een aanstaande jonge moeder is.

Ik herinner mij nog goed de geboorte van mijn eerste kind en nu nog zie ik mijn vrouw terug, zoals zij toen, na de volbrachte dagtaak, tot laat in de avond bij de lamp zat te naaien, af en toe rustend tot de pijn in haar lenden wat overging. Zij had iets plechtigs over zich, als iemand die alleen staat op de wereld en zijn eigen weg gaat zonder zien of horen. Zo'n gevoel kwam er ook over mij bij 't krieken van mijn eerste kaasdag.

Ik was vroeg op, zó vroeg dat mijn vrouw zei dat ik gek was.

'Nieuwe bezems vegen schoon,' zegt zij.

Ik moest eerst decideren of ik mijn kantoor thuis zou inrichten of in de stad.

Mijn vrouw vindt thuis, omdat het goedkoper is, want dan heb ik geen extra huur te betalen en bovendien heeft mijn gezin 't gebruik van de telefoon.

Wij hebben het huis geïnspecteerd en onze keus is gevallen op een kamertje boven de keuken, naast de badkamer. Om een bad te nemen moet je dus door mijn kantoor, soms in je pyjama, maar dat gebeurt meestal 's zaterdags na de middag of 's zondags en dan heeft mijn kantoor zijn officieel karakter verloren. Het is dan neutraal terrein en voor mijn part mag men er dan borduren of kaart spelen, op voorwaarde dat mijn dossiers niet worden aangeraakt, want dat zal ik niet dulden.

Het kamertje is behangen met landschappen, die jacht- en vispartijen voorstellen en ik was eerst van plan nieuw papier te laten plakken. Een strenge eentonige achtergrond, zonder bloemen of wat ook, en dan niets anders ophangen dan een scheurkalender en bij voorbeeld een landkaart van het Nederlandse kaasgebied. Ik heb pas een merkwaardig gekleurde kaart gezien van het wijngebied rond Bordeaux. Misschien bestaat er iets dergelijks voor de kaasproduktie. Maar mijn vrouw vond dat het behangen nog wachten kon tot mijn zaken zich uitbreiden. 'Tot het gaat,' zegde zij eigenlijk. En zo heb ik het oude behang dan maar voorlopig behouden.

Toch deed ik beter mijn wil door te zetten, want wie staat er aan het roer van het kaasschip, mijn vrouw of ik?

Later moet dat behang tóch weg, want in 't diepste van mijn ziel staat het ten dode opgeschreven. En een man van zaken moet zijn kop volgen al stond de onderste steen boven.

Er moet gezorgd worden voor briefpapier, voor een bureau-ministre, voor een schrijfmachine, voor een telegramadres, voor brievenknippen en voor een hoop andere dingen, zodat ik het vreselijk druk heb. Want alles moet gauw gaan, aangezien de twintig ton Edammers over een dag of drie hun tocht naar 't Zuiden aanvangen. En bij hun aankomst moet alles in slagorde staan. De telefoon moet bellen, de schrijfmachine ratelen, de knippen open en dicht gaan. En ik zit in 't midden, want ik ben het brein.

Over de kwestie van het briefpapier heb ik mij een halve dag lang het hoofd gebroken. Ik ben namelijk van mening dat er een moderne firmanaam moet op staan en niet zo maar eenvoudig Frans Laarmans. Ook vind ik beter dat mijn kaasonderneming niet ter ore van mijnheer Henri komt, voor ik zeker ben nooit meer een voet in de General Marine te zetten, tenzij dan om kaas te leveren aan de kantine.

Ik heb nooit kunnen vermoeden dat het kiezen van een firmanaam zo moeilijk is. En toch zijn miljoenen mensen met minder verstand dan ik over die moeilijkheid heen geraakt.

Als ik de naam zie van een bestaande firma, dan komt mij

die altijd heel gewoon, ik zou haast zeggen bekend voor. Die mensen konden niet anders heten dan zij heten. Maar waar een nieuwe naam vandaan gehaald? Ik stond voor al de moeilijkheden der schepping, want uit niets moest ik iets te voorschijn toveren.

Ik begon met het eenvoudige KAASHANDEL.

Maar als daar mijn naam niet onder staat, dan is het te onbepaald. Kaashandel, Verdussenstraat 170, Antwerpen, ziet er verdacht uit, alsof er iets verdoken wordt gehouden, alsof er wormen in die kaas zitten.

Toen kwam ik op ALGEMENE KAASHANDEL.

Dat was al beter. Maar ik vind dat zo'n Vlaamse benaming zo naakt is, zo overdreven duidelijk, zo zonder bloemen. En ik houd niet van het woord kaas, dat heb ik nog gezegd.

Daarop probeerde ik COMMERCE GÉNÉRAL DE FROMAGE.

Klinkt beter en fromage is minder kaasachtig dan kaas. COMMERCE GÉNÉRAL DE FROMAGE HOLLANDAIS is weer een stap vooruit. Daardoor houd ik mij zeker een hoop mensen van het lijf die Gruyère of Chester nodig hebben, terwijl ik alleen Edammer omzet. Maar Commerce is toch niet alles.

ENTREPRISE GÉNÉRALE DE FROMAGE HOLLANDAIS. Daar zit klank in. Maar Entreprise betekent ondernemen en ik onderneem eigenlijk niets. Ik sla eenvoudig kaas op en verkoop die.

Dus ENTREPÔTS GÉNÉRAUX DE FROMAGE HOLLANDAIS.

Maar het opslaan is bijzaak. Dat doe ik trouwens niet eens zelf, want ik wil al die kaas niet in mijn huis. De buren zouden protesteren en daar heb je de Vemen voor. De verkoop is hoofdzaak en tekenend voor mijn bedrijf. De omzet, zoals Hornstra zegt.

Wat de Engelsen 'trading' noemen. Dat is nog eens een woord!

Waarom ook geen Engelse firmanaam, zoals de General Marine and Shipbuilding Company zaliger? Engeland heeft op handelsgebied een verdiende wereldfaam.

GENERAL CHEESE TRADING COMPANY? Ik begin licht te zien. Ik voel dat ik mijn doel ga bereiken.

ANTWERP CHEESE TRADING COMPANY? Of misschien GENERAL EDAM CHEESE TRADING COMPANY? Zolang die kaas er in zit zal het niet gaan. Die moet vervangen worden door iets anders: voedingswaren, zuivelprodukten of iets van die aard.

GENERAL ANTWERP FEEDING PRODUCTS ASSOCIATION?

Eureka! De beginletters vormen GAFPA, een echt slagwoord. Koop liever uw kaas bij de Gafpa, mijnheer. Ik zie wel dat u niet gewoon zijt aan echte Gafpakaas, mevrouw. Gafpakaas is geen kaas, het is honing, mijnheer. Haast u, want onze laatste zending Gafpakaas is bijna uitgeput. Later zal kaas vanzelf wegvallen, want Gafpa wordt spoedig een synoniem van volvette Edammerkaas. Ik heb gedejeuneerd met één enkel broodje en een stuk Gafpa. Zo ver moet ik komen.

En niemand die weet dat Fransje Laarmans er achter zit, behalve mijn gezin, mijn broer en mijn vriend Van Schoonbeke aan wie ik mijn firmanaam direct per telefoon heb bekend gemaakt, want mijn telefoon is in orde en heeft natuurlijk succes.

Mijn zoon Jan belt al zijn schoolvrienden op, zo maar voor zijn plezier, en ik moet wachten om aan de beurt te komen. De eerste dag zie ik wat door de vingers, want ik wil niet kleingeestig zijn. Maar Van Schoonbeke verstond mij niet. Hij dacht dat ik Gaspard zei, omdat zijn vriend met die gouden tanden zo heet. Enfin, ik vertel hem dat woensdag wel. Ik heb hem dan maar gezegd dat mijn telefoon in orde is en hem mijn nummer opgegeven. Hij heeft mij gefeliciteerd, want dat doet hij altijd, en gezegd dat ik nu maar eens een monster van mijn Edammer moet brengen. Natuurlijk krijgt hij dat. En een cadeau ook. Hij en Hamer krijgen ieder een mooi cadeau, zodra ik tijd heb.

Ik vind het jammer dat Gafpa niet tevens mijn telegram-adres kan zijn, maar dat staat reeds geboekt op naam van de firma Gaffels en Parels. Ik heb dan geaarzeld tussen kaas-man, kaasbol, kaastrader, kaastrust, Laarmakaas en kaas-frans, want tien letters is het maximum, maar die bevielen mij geen van allen. En ten slotte heb ik Gafpa eenvoudig omgekeerd en Apfag gekozen. En het scheelde weinig of dat ging evenmin want Apfa, zonder G, bestaat al. Het hoort toe aan de Association Professionnelle des Fabricants d'Automobiles en heeft dus niets met kaas te maken.

Nu kan mijn briefpapier gedrukt worden en zodra het gereed is, schrijf ik een briefje aan Hornstra. Niet opdat hij de zending zou bespoedigen, want ik ben lang niet gereed met mijn kantoorinrichting, maar hij moet mijn brievenpa-pier zien.

Mijn vrouw ziet met welgevallen, dat ik het zo druk heb. Zij is zelf altijd aan 't werk, want zij kan geen lamlendigheid uitstaan.

Ik zie dat zij gelukkig is.

Als ik op mijn kantoor zit gaat zij nooit naar de badkamer zonder een woord van verontschuldiging, omdat zij dan door mijn departement moet. Zij zegt bij voorbeeld: 'Die zeep is al weer op.' Ofwel: 'Ik moet eventjes wat warm water krijgen om een pull-over te wassen.'

Ik lach haar welgevallig toe en zeg: 'Ga je gang.' Maar ik moet zeggen dat ik haar keuken even goed respecteer als zij mijn kantoor.

Ik zou wel eens in haar benen knijpen als zij langs komt, maar mijn kantoor is voor mij een heiligdom.

Zij telefoneert nu ook, naar de slager en zo. Het heeft moeite gekost haar dat te leren, want zij had het nog nooit-gedaan en kon maar niet begrijpen dat het voldoende was

die nummertjes te doen draaien om met de bakker in gesprek te komen. Maar zij is hardnekkig en nu telefoneert zij
als een veteraan. Zij maakt er alleen nog wat gebaren bij,
alsof de bakker haar zien kon.

Als ik haar zo bezig zie, nu eens in de keuken, dan weer
boven of in de kelder, zeulend met wasgoed of emmers, dan
vind ik het verstommend, dat zo'n eenvoudig mens zo gauw
achter die vervelende clausule in mijn contract met Hornstra gekomen is.

En ik vind het vreselijk jammer dat mijn goede moeder
dat alles niet meer heeft mogen meemaken. Die had ik eens
willen zien telefoneren.

IX

Ik heb een exemplaar van mijn briefpapier medegenomen naar de kletspartij van mijn vriend Van Schoonbeke en het hem beneden in de gang getoond, want hij is mij tegemoet gekomen.

'Beste gelukwensen,' heeft hij nog eens gezegd en daarop stak hij het in zijn zak.

Ik kreeg als vanzelf mijn plaats van de vorige keer weer terug en ik geloof vast dat niet één van die helden het nog zou aandurven mijn stoel bezet te houden.

Zij hadden het die avond over Rusland.

In de grond van mijn hart bewonder ik die blootvoeters die uit een puinhoop een nieuwe tempel proberen op te bouwen. En dat moet nog iets heel anders zijn dan twintig ton kaas omzetten. Maar als man van de Gafpa ken ik geen sentiment en ben ik vast besloten alles te vertrappen wat mijn kaas in de weg staat.

Een van hen beweerde dat ze ginder bij miljoenen van honger omkwamen, als vliegen in een ledig staand huis. En op dat moment gaf die leuke Van Schoonbeke mijn brievenpapier aan zijn naaste buurman, die met belangstelling vroeg wat het betekende.

'Dat is het brievenpapier van de nieuwste onderneming van onze vriend Laarmans,' lichtte hij toe. 'Hebt u het nog niet gezien?'

De lafaard zei dat hij 't niet gezien, maar er wel van gehoord had en gaf het op zijn beurt door aan zijn buurman. En zo ging het in triomf de tafel rond.

'Zeer interessant,' 'Het ziet er puik uit,' 'Ja natuurlijk, niets gaat voedingswaren te boven,' klonk het voor en naast mij. De mummie van Tut-Ank-Amon zou niet meer belangstelling hebben gewekt.

'Een flinke Gafpa, dát is wat de Russen nodig hebben,' zei Van Schoonbeke.

'Ik drink op het heil van de Gafpa,' verklaarde een oude advocaat die, geloof ik, minder geld heeft dan hij voorwendt te bezitten. Hij is nu de minste van 't gezelschap, sedert ik mijn verdacht 'inspecteurschap van de scheepstimmerwerven' heb afgeschud, en maakt van iedere gunstige gelegenheid gebruik om zijn glas te ledigen. Het is hem, geloof ik, alleen om de wijn te doen.

Ikzelf gaf het papier door zonder het een blik te gunnen en zo belandde het weder bij de gastheer die 't voor zich op de tafel legde.

'Drommelse Frans,' zei Van Schoonbeke toen ik afscheid nam.

'Apropos,' vertrouwde hij mij toe, 'notaris Van der Zijpen heeft mij verzocht u zijn jongste zoon aan te bevelen voor een eventuele associatie. Geld hoor, veel geld en nette mensen,' besloot hij.

Ik de vruchten van mijn werk met de eerste de beste delen? Ik denk er niet aan. Dat jongmens bij de General Marine aanbevelen om daar mijn plaats in te nemen, dat is iets anders.

'De kaas is aangekomen, Pa,' riep mijn zoon Jan, die in de deur stond toen ik thuis kwam.

Het nieuws werd door mijn dochtertje bevestigd.

Er had iemand getelefoneerd om te vragen wat zij er mede doen moesten. Maar Ida had de naam niet onthouden, of misschien niet verstaan. Waarom had zij moeder dan niet geroepen? Maar die was uit geweest voor een boodschap.

Is het niet ongehoord dat er twintig ton kaas voor mij in de stad staan en dat niemand mij zeggen kan waar ze zijn? Reken dan al op je kinderen.

Was het eigenlijk wel waar? Zou het soms geen grap zijn van Van Schoonbeke? Of had zij niet verkeerd begrepen?

Maar Ida hield vol en liet zich niet van haar stuk brengen. Zij leek wel een muilezel. Ze hadden gezegd dat er voor

mij twintig ton kaas was aangekomen en instructies gevraagd. Ook hadden zij iets van hoeden gezegd.

Nu vraag ik je toch. Eerst waren het kazen en nu zijn het
hoeden. Zou je zo'n meid geen draai om de oren geven?

En dat zit op 't Gymnasium in de vierde klas.

Ik kon niet eten van zenuwachtigheid en trok naar mijn
kantoor. Was nu mijn vrouw zeep komen brengen of 'eventjes wat warm water komen halen', ik zou ze gewaterd hebben.

'Nu geen pianospelen,' hoorde ik haar beneden verbie-
den. En dat deed mij deugd als een blijk van eerbied.

' 't Is net of je spijt hebt,' zei mijn vrouw bits. 'Je verwacht
immers die kaas. Zij *moet* komen.'

'Hoe spijt? Wat spijt?' beet ik haar toe. 'Maar heb je nu
ooit zo iets gehoord? De gevaporiseerde Edammers of de
kaas die in hoeden verkeerde. Het lijkt wel een sensatiefilm.'

'Maar wind je nu toch niet op,' zei mijn vrouw. 'Is de kaas
niet aangekomen dan is het een misverstand. En is ze wel
aangekomen, des te beter. Die kaas zal immers niet naar
Holland terugkeren? Nu zijn alle kantoren gesloten, maar ik
wed dat je morgen vroeg nieuws hebt van de spoor. Of komt
die kaas met een boot?'

Dat wist ik niet. Hoe kon ik het weten. Maar dat ezelsjong, dat getelefoneerd had, behoorde het te weten.

'Kom, Frans, eet liever en heb geduld tot morgen vroeg,
want het is nu tóch te laat.'

Ik ging dan maar zitten, na een laatste tijgersblik op het
ezelsjong in kwestie, dat daar stond met tranen in de ogen,
maar met een vastberaden trek om de mond. Zij was nog
woedend op de koop toe, want toen Jan, die een jaar ouder
is, even later zijn hoed op haar bord legde, met een mes er
naast, gaf zij 't hoofddeksel zo'n klap dat het in de keuken
onder 't fornuis terecht kwam.

Ja, ja. Die kaas is aangekomen. Ik voel het.

X

De volgende morgen werd ik even na negen opgebeld door het Blauwhoedenveem dat vroeg waar zij met de kaas moesten blijven.

Nu begrijp ik alles van die hoeden. Ik zal haar een plak chocolade geven.

Ik vroeg terug wat zij gewoonlijk met Edammers deden.

'Naar de kopers voeren, mijnheer. Geeft u ons de adressen maar even op.'

Ik zegde nu dat deze twintig ton nog niet verkocht waren.

'Dan kunnen wij ze opslaan in onze patentkelders,' werd mij geantwoord.

Aan de telefoon kan je moeilijk nadenken, vind ik. Het gaat mij te gauw. En mijn vrouw raadplegen, dat wilde ik niet doen. Dat ik haar zeggenschap verleen in zake het al of niet opnieuw behangen van mijn kantoor, vind ik normaal, doch waar het om het lot van de kaas zelf gaat, daar moet ik de leiding hebben. Ben ik niet de Gafpa?

'Het beste is misschien dat u even bij ons op kantoor komt,' werd nu geraden.

Die vaderlijke uitnodiging werkte prikkelend op mijn zenuwen want het was net alsof ze mij, met mijn kazen, onder hun hoede namen. En ik heb van niemand bescherming nodig, evenmin als ik dat notariskind met al zijn geld nodig heb.

Niettemin nam ik het voorstel aan, niet alleen omdat er dan een eind kwam aan het telefoneren, maar omdat ik vind dat ik mijn kazen, bij hun aankomst in Antwerpen, als het ware tegemoet moet gaan. Deze eerste zending is de voorhoede van een leger waarmede ik persoonlijk kennis moet maken. En ik zou niet willen, dat Hornstra later vernam dat zijn Edammers onder de grootste onverschilligheid hun eerste etappe hadden volbracht.

Voor ik op het Blauwhoedenveem arriveerde was het

pleit van mijn kazen reeds beslecht, want ik word met de dag gedecideerder.

Zij moeten de kelder in. Wat zou ik er anders mede beginnen?

Ik geloof dat Van Schoonbeke aan Hornstra niet heeft medegedeeld dat ik klerk was bij de General Marine en dat ik mij dus niet alleen in 't kaasvak helemaal moet inwerken, maar eerst ook nog mijn kantoor op zijn poten moet zetten. In ieder geval heb ik mij met de eigenlijke verkoop nog niet kunnen bezighouden. Ik heb nog niet eens een bureau-ministre gevonden en ook geen schrijfmachine.

Dat is alweer de schuld van mijn vrouw, die beweert dat ik voor een paar honderd frank een tweedehandsbureau kopen kan. In de winkels van kantoormeubelen kost zo'n bureau zo wat tweeduizend frank, maar dan heb je 't na de middag thuis en de zaak is afgelopen. En ik vind dat zo'n aankoop niet meer dan een half uur in beslag mag nemen, want de tijd staat niet stil en de dagen worden weken. En 't omzetten van de kaas moet toch óók een beurt krijgen.

Dus de kelder in.

Maar als die Blauwhoedenveemmensen soms dachten dat hun benaming 'patentkelders' indruk op mij gemaakt heeft, dan hebben zij 't glad mis. Kom, kom. Daar bijt ik niet in, heren!

Ik wil die kelders met eigen ogen zien. Ik wil er mij van overtuigen dat mijn kaas er veilig, fris en ongestoord rusten zal, vrij van regen en van ratten, als in een familiegraf.

Ik heb dan hun kelders geïnspecteerd en ik moet erkennen dat zij in orde zijn. Zij zijn gewelfd, de vloer is droog en de muren gaven geen geluid toen ik er met een stok op klopte.

Hier ontsnapt mijn kaas niet uit, daar kan ik gerust in zijn. En er heeft nog meer kaas in geresideerd, dat kan ik wel ruiken. Als Hornstra die kelder te zien krijgt, dan word ik gefeliciteerd.

Mijn twintig ton stonden op vier sleperswagens op hun binnenplein, want zij hadden de kaas gisteravond nog gauw gelost, anders had de spoor staangeld in rekening gebracht. En zo kon ik het opslaan in mijn kluis nog bijwonen. Ik bleef midden in de kelder staan, als de inspecteur van een rijschool en hield alles in de gaten tot de laatste kist aangebracht was.

Hornstra's proefzending bestaat uit tienduizend kazen, ieder van ongeveer twee kilo's, verpakt in driehonderd zeventig patentkisten. 'Meestal wordt Edammer los verzonden,' zei de man, 'maar dit is puike volvette kaas die 't verpakken wel waard is.' Zo'n verpakking maakt de aflevering gemakkelijk en ik zal dus verkopen per meervoud van zevenentwintig kazen, want in iedere kist zitten zevenentwintig stuks. De laatste kist was opengebroken. 'Door de douane,' zei de man van 't Veem. En die hadden een van mijn kazen middendoor gesneden. De ene helft ontbrak en ik vroeg waar die gebleven was.

Daarop vroeg die man op zijn beurt of ik vroeger wel meer aan de haven te doen had gehad. Hij had de indruk, dat ik geheel nieuw was in 't vak, anders had ik toch geweten dat het met de douane een kwestie van geven en nemen is.

'Weet u dan niet, mijnheer, dat zij het recht hadden die driehonderd zeventig kisten een voor een open te breken? Wij hadden de waarde van die doorgesneden bol door de douane kunnen doen vergoeden, mijnheer, maar ik heb de helft aan de kommies cadeau gegeven en daardoor voor Hornstra drieduizend frank aan rechten uitgespaard, mijnheer, want de kaas was als half vette gedeclareerd, terwijl het volvette is, die hoger getaxeerd wordt. Begrijpt u, mijnheer?'

Dat herhalen van 'mijnheer' had iets dreigends.

Daarop vroeg hij mij of hij een kist bij mij thuis mocht afgeven, want ik had zeker monsters nodig.

Ik voelde dat het maar beter was met die mensen van 't

Blauwhoedenveem geen kwestie te krijgen en keurde het thuis bestellen van die kist goed, al heb ik niet zo dadelijk monsters nodig. Want eerst moet mijn kantoor perfect in orde zijn. En dan ga ik aan 't verkopen.

Na die man het restant van de bol en een royale fooi gegeven te hebben, want ik vind niets zo prettig als 't zien van een stralend gezicht, beval ik hem mijn kazen nog eens warm aan en daarop werd de poort dicht gemaakt, een poort als van een burcht ten tijde der kruistochten.

Ik kan gerust naar huis gaan. Dáár komen mijn Edammers niet uit, tenminste niet met geweld. Zij zullen hier liggen tot de dag van hun opstanding, als wanneer zij er in triomf zullen worden uitgehaald om te pronken voor winkelruiten zoals die waar ik bij mijn terugkeer uit Amsterdam heb voorgestaan.

XI

Toen ik thuis kwam stond de kist reeds op mijn kantoor. Een zware kist met zesentwintig kazen, ieder van twee kilo, plus de verpakking. Samen zestig kilo.

Waarom had hij die kist niet naar de kelder gebracht? Hier stond zij in de weg en die kaaslucht drong reeds door de planken heen. Ik probeerde ze te verplaatsen, maar dat ging niet.

Dan maar een breekijzer gehaald.

En daarop ging ik aan 't hameren dat het huis er van dreunde en mijn vrouw de trap op kwam om te kijken of zij mij niet helpen kon. Ze vertelde dat madame Peeters, die naast ons woont en aan de gal lijdt, in haar deur had staan toekijken tot de kist binnen en de man van 't Veem met zijn karretje de straat uit was. Ik zei, dat madame Peeters voor mijn part kon dood vallen en na even gerust te hebben, kreeg ik een plank los. Waar het patent in zit weet ik niet, maar stevige kisten zijn het zeker. De rest was kinderspel, want na een laatste poging kwamen zij te voorschijn. Kaas voor kaas verpakt in zilverpapier, leken het wel grote paas-eieren. Ikzelf had ze op 't Veem al gezien, maar toch pakte het me nog.

De kaasroman was werkelijkheid geworden.

Ik verklaarde kordaat dat ze naar de kelder moesten en daar gaf mijn vrouw mij gelijk in, want kaas droogt uit.

Zij riep Jan en Ida en met ons vieren daalden wij de trap af, ieder met twee kazen in de armen, zodat wij in drie reizen met het overbrengen gereed kwamen. De twee laatste bollen werden door de kinderen gehaald. De grote ledige kist wilde ikzelf naar beneden doen, maar Jan, die zijn zestiende jaar in gaat en sportief is, nam ze mij uit de handen, zette ze op zijn kop en bracht ze zo naar de kelder. Onderweg liet hij telkens zijn handen los, als een equilibrist.

Beneden legde mijn vrouw de zesentwintig Edammers er

weer in en ik dekte ze toe door de planken van het deksel er los boven op te leggen.

'En nu moeten jullie de kaas maar eens proeven,' zei ik, want ik had voorgoed de leiding genomen.

Daarop pakte Jan een van die zilveren bollen beet, gooide hem de hoogte in, liet hem van uit zijn hand naar zijn kin toe rollen en gaf hem pas aan mijn vrouw toen hij mijn blik gewaar werd. Ida, die óók het hare wil bijdragen, ontdeed hem voorzichtig van zijn zilveren kleed en toen kwam daar wel degelijk een rode kaas te voorschijn zoals ik ze van kindsbeen af heb gekend en zoals ze overal in de stad te krijgen zijn.

Nadat wij hem even hadden staan aankijken, beval ik met een stalen gezicht hem middendoor te snijden.

Eerst probeerde mijn vrouw, toen kreeg Ida het mes tot in de helft en Jan deed de rest.

Mijn vrouw rook er eerst aan, sneed er dan een schijf af, proefde en gaf de kinderen ieder een stuk. Ikzelf officieerde.

'Moet jij niet proeven,' vroeg eindelijk mijn vrouw, die al een paar keer geslikt had. 'Zij is lekker hoor.'

Ik houd niet van kaas, maar wat anders kon ik doen? Moet ik voortaan het voorbeeld niet geven? Moet ik niet voorop lopen in het leger der kaaseters? Ik werkte dus een brok naar binnen en toen belde mijn broer.

Hij zette zijn fiets in de gang, zoals hij iedere dag doet, en daarop dreunde zijn opgewekte stap door het huis.

'Geen belet?' vroeg hij, toen hij al in de keuken stond. 'Is dat nu je kaas, kerel?'

En zonder omslag sneed hij een stuk af en deed een flinke hap.

Ik volgde de indruk op zijn levendige trekken. Hij fronste eerst de wenkbrauwen, als proefde hij iets verdachts en keek mijn vrouw aan, die haar lippen nog aflikte.

'Magnifiek!' verklaarde hij opeens. 'Nooit in mijn leven heb ik zulke heerlijke kaas geproefd.'

Als het waar is kan ik gerust zijn, want hij is tweeënzestig en heeft altijd kaas gegeten.

Was mijn kantoor nu maar in orde.

'En heb je al veel verkocht?' informeerde hij. En hij sneed nog een stuk af.

Ik zei, dat ik pas zou beginnen als mijn organisatie perfect was.

'Maak dan maar spoed met die organisatie,' raadde hij. 'Want als die twintig ton als proef bedoeld zijn, dan verwachten die mensen misschien dat je iedere week een ton of tien verkoopt. Vergeet niet dat je agent bent voor het hele land. En dan heb je dat Groothertogdom óók nog. Was ik in jouw plaats, ik trok mijn stoute schoenen aan en ging er direct op uit.'

En meteen was hij de deur uit, mij alleen latend met vrouw en kinderen, en met die kaas.

's Avonds ben ik naar Van Schoonbeke gegaan om daar een brief aan Hornstra te typen, op papier van de Gafpa, want zelf zit ik nog steeds zonder schrijfmachine en ik moet toch de goede ontvangst van zijn zending berichten. Ik heb van de gelegenheid gebruik gemaakt om voor Van Schoonbeke een halve Edammer mede te nemen, want hij is zeer gevoelig voor attenties. Na geproefd te hebben heeft hij mij weer eens gefeliciteerd en gezegd dat hij mijn kaas zal bewaren om ze aan zijn vrienden voor te zetten op de eerstvolgende partij. Als ik het goed vind zal hij zorgen dat ik kandidaat ben bij de aanstaande presidentsverkiezingen van de Vakbond der Belgische Kaashandelaars. En nu aan 't werk.

XII

Ik heb de hele week druk gezocht naar een tweedehandsbureau en dito schrijfmachine. En ik verzeker je dat het aflopen van al die uitdragerswinkels in de oude stad geen plezierig werk is.

Het staat er gewoonlijk zo vol dat ik van op de straat onmogelijk kan onderscheiden of zij in voorraad hebben wat ik zoek en ik ben dus wel gedwongen binnen te gaan om het te vragen. Tegen die kleine moeite zie ik niet op, maar ik durf geen winkel verlaten zonder iets gekocht te hebben, en geen café zonder iets te hebben gedronken.

Zo heb ik dan in 't begin een karaf, een zakmes en een gipsen Sint Jozef gekocht. Het zakmes kan ik gebruiken, al ben ik er een beetje vies van, en de karaf heb ik medegenomen naar huis, waar ze opzien gebaard heeft. Het Sint Jozefbeeld heb ik een paar straten verder, toen er niemand te zien was, op een vensterbank gezet en heb mij dan uit de voeten gemaakt. Want na die karaf heb ik gezworen niets meer mede naar huis te brengen en ik kon toch niet blijven rondlopen met dat gipsen beeld.

Nu echter blijf ik in de winkeldeur staan en vraag van daar uit of zij geen bureau-ministre en een schrijfmachine te koop hebben. Zolang ik de deurknop vasthoud sta ik eigenlijk niet in de winkel en heb dus geen morele verplichting, want van dat kopen heb ik genoeg. Maar als de deur niet dicht is blijft de bel rinkelen en als dat te lang duurt sta je daar als een dief die nadenkt of hij zijn slag zal slaan of niet.

Daar komt dan nog bij dat ik nooit helemaal gerust door de stad loop. Hamer heeft mijn certificaat wel, maar iemand die ernstig ziek is zit thuis en loopt de winkels niet af. Ik vrees altijd mensen van de General Marine te ontmoeten, want ik weet niet hoe een echte zenuwlijder doet. Als ik me laat neervallen dan gaan ze mij water in 't gezicht gieten, doen mij vliegende geest opsnuiven of brengen mij binnen bij een dokter of bij een apotheker, die verklaart dat ik komedie speel. Neen, daar bedank ik voor. 't Is beter dat ze mij niet zien. Dus kijk ik goed rond en houd mij gereed om rechtsomkeert te maken of een zijstraat in te slaan. Alles wel beschouwd is het wenselijk dat mijn hele afwezigheid haar beslag krijgt zonder dat er te veel over gekletst wordt.

Ik zou anders wel eens willen weten hoe 't op de Werf marcheert.

't Is nu kwart over negen. Ik weet dat mijn vier medecorrespondenten op dit ogenblik met hun kuiten tegen de pijp van de verwarming staan, ieder voor zijn typmachine, als kanonniers voor hun stukken. Een van de vier vertelt een mop. Ja, dat eerste half uur was gezellig. Hamer heeft zijn grootboek opengeslagen zonder zich eerst te warmen en de juffrouw van de telefoon strijkt lichtjes over haar blonde haar, dat pas voor mijn heengaan permanent gegolfd was. Het geratel van de pneumatische klinkhamers dringt van op de werf tot in onze zaal door en buiten rijdt voor de vensters onze drukke dwerglocomotief voorbij. Wij draaien onze vijf hoofden om en door 't venster groeten wij de oude Piet met zijn blauwe kiel en zijn zakdoek om de hals, die haar zo rustig voert als een huurkoetsier zijn oude knol. Bij wijze van wedergroet doet hij even zijn stoomfluit gaan. En ginder ver laat onze hoge schoorsteen zijn zwarte wimpel fladderen.

Zo staan zij daar nu, die sufferds, terwijl ik doende ben mij een weg te banen in het oerwoud van de businesswereld.

Die zoekt, die vindt, dat heb ik zo pas ondervonden.

Want eindelijk heb ik een geschikt bureau ontdekt, met slechts een paar kleine motgaatjes in het groene kleed. Het kost driehonderd frank en al is het niet nieuw, toch zal het even goed dienst doen als een van tweeduizend. Mijn vrouw had dus gelijk. Maar met dat al is er weder een hele week zoek en mijn kaas wacht met ongeduld op 't ontsluiten van de kelder.

Het probleem van de schrijfmachine heeft ook zijn beslag gekregen. Ik heb ontdekt dat die gehuurd kunnen worden en morgen staat er een thuis waarmee ik vertrouwd ben, namelijk een zustermachine van de Underwood waarop ik dertig jaren lang mijn brood heb verdiend.

Verleden woensdag is de verkoopcyclus ingezet en wel bij Van Schoonbeke, die 't zelf prettig vindt, dat het zo goed marcheert.

Toen al zijn vrienden op hun plaats zaten maakte hij een kast open en zette 't restant van de halve Edammer op de tafel. Ik zag dat hij er zelf al een flink stuk van op had.

'Een van de specialiteiten van onze vriend Laarmans,' stelde hij voor.

'Pardon, van de Gafpa,' zei die oude advocaat. 'Is proeven toegelaten?'

En meteen sneed hij er een brok af en gaf het bord door.

Ik vond het aardig van die man dat hij geen tekortkomingen jegens de Gafpa duldde. Als alles marcheert krijgt hij een Edammer cadeau.

Even later zat het hele orkest te kauwen en ik geloof zeker dat nog nooit enigerlei kaassoort met zoveel geestdrift gehuldigd werd als deze volvette Edammerkaas. Van alle kanten werd heerlijk, prachtig, kolossaal geroepen en die chique vent vroeg aan Van Schoonbeke waar die kaas te krijgen was.

Zo groot was mijn prestige dus al dat zij 't aan mij niet eens meer durfden vragen.

'Het woord is aan mijnheer Laarmans,' verklaarde mijn vriend, terwijl hij nog een brok achter zijn kiezen stak.

'Natuurlijk,' zei een ander, 'alleen mijnheer Laarmans zelf kan ons inlichten.'

'Denkt u dan dat mijnheer Laarmans zich persoonlijk met zulke snuisterijen bezig houdt,' zei de oude heer. 'Dat kan je begrijpen. Als ik die kaas hebben wil, bel ik de Gafpa maar even op.'

'En je zegt dat ze bij je thuis vijftig gram mogen afgeven,' vulde zijn buurman aan.

Ik verklaarde nu losjesweg dat de Gafpa slechts per twaalf kisten van zevenentwintig bollen verkocht, maar dat ik niet-temin bereid was hun deze volvette in detail te leveren tegen de prijs van de groothandel.

'Een driedubbele ban voor onze vriend Laarmans,' riep de oude. En hij dronk zijn glas alweer uit.

Zij kennen nu mijn naam wel.

Ik heb dan mijn nieuwe vulpen genomen en de orders genoteerd. Ieder krijgt een bol van twee kilo. Die oude heer vroeg bij 't weggaan, toen wij samen onze jas aantrokken, of hij bij uitzondering geen halve bol krijgen kon, want hij woont alleen met zijn zuster en een meid. En dat heb ik dan maar beloofd, omdat hij de eerste was om aan de Gafpa te denken.

Een vroeg wat de andere specialiteiten van de Gafpa waren.

'U wilt mij toch niet wijsmaken dat de Gafpa niets anders dan kaas verkoopt? Kom, kom, geen gekheid.'

Ik erkende dat kaas slechts bijzaak was, maar zei dat de andere artikelen voorlopig alleen aan winkels geleverd mochten worden.

XIII

Dat tijd geld is begin ik nu pas te ondervinden, want aan 't leveren van die zeven en een halve bol is een hele morgen verloren gegaan.

Ik heb op zolder een rieten valies ontdekt, waar drie Edammers in kunnen en ik ben ze zelf gaan bestellen, want mijn kinderen hebben na de school veel huiswerk en die jongen zou onderweg gymnastiek doen met mijn kazen.

Toen mijn vrouw mij met dat valies naar de kelder zag trekken, moest ik wel vertellen wat er aan de hand was. Ik had alles liever in stilte klaargespeeld, omdat ik vreesde dat zij 't komiek zou vinden. Immers, dat zeulen met die kazen is eigenlijk geen werk voor de leider van een zaak, dat weet ik wel, maar ik kan mijn tienduizend Edammers toch niet een voor een door 't Blauwhoedenveem laten thuis bestellen. Dat doen die mensen niet. Maar mijn vrouw vond het heel gewoon.

'Dat is alvast een begin,' meende zij. 'En zo leren zij onze kaas tenminste kennen.'

Die 'onze' deed mij goed. Zij leeft alles dus mede en neemt haar deel in de verantwoordelijkheid.

Ik hoop maar dat ze mij geen tweede bestelling geven, want het leveren is mij niet meegevallen. Eerst moest ik met een stalen gezicht voorbij madame Peeters, onze buurvrouw, die altijd in de deur staat, of voor 't venster. Dan de tram op, waar je valies in de weg staat. Eindelijk ben je er dan. Je belt, je wordt opengedaan door een meid en dan sta je in de gang met je mand, want het heeft meer van een mand dan van een valies. Je moet zeggen dat je de kaas brengt, waarop de meid mevrouw gaat waarschuwen die soms nog in bed ligt. Bij twee van de acht wist men van kaas niets af en ik had de grootste moeite om die zware bollen kwijt te raken, wat slechts gelukte omdat ik zei dat er niets te betalen was. Ik zou dat met mijnheer wel regelen.

En nu zit ik op mijn kantoor, na dat afmattend uitdragen en na een nieuw bezoek van mijn broer die dagelijks naar de statistiek van verkochte en niet verkochte kaas vraagt. Als een echte dokter steekt hij telkens weer het mes in de wond.

Ik heb hem verteld van de kaas die bij Van Schoonbeke verkocht is. Het deed hem plezier dat allen ze zo lekker vonden. Maar daarop maakte hij een korte berekening en zei: 'dat zijn zeven en een halve van je tienduizend bollen. Als je iedere week zo'n zaak doet, worden je laatste kazen over dertig jaar verkocht. Werken kerel, werken, of dat loopt slecht af.'

Maar hoe raak ik al die kaas kwijt? Dat is de vraag.

Ik ben een ogenblik van plan geweest met een paar kazen in mijn valies al de winkels van de stad te bezoeken waar kaas verkocht wordt. Maar met dat systeem zou mijn kantoor alleen staan en overbodig worden. En ikzelf ben hier toch onmisbaar voor correspondentie en boekhouding, dunkt mij. Ook kan ik het niet aan mijn vrouw overlaten de mensen, die zouden telefoneren, te woord te staan. Zij heeft zo al werk genoeg.

Neen, mijn kaas moet door een stel wakkere agenten aan de man worden gebracht. Kerels die tot in de kleinste winkel doordringen, die goed praten en die iedere week, of zelfs tweemaal in de week, hun bestellingen inleveren. Ja, tweemaal in de week is beter en ik zal maandag en donderdag voorschrijven, dan is ook mijn eigen werk een beetje verdeeld. Ikzelf schrijf alles ordelijk in, geef instructies aan 't Veem voor de aflevering, maak de rekeningen, zorg voor 't incasseren, houd mijn vijf procent af en remitteer het saldo iedere week aan Hornstra. En zelf kom ik met de kaas niet eens in aanraking.

Ik heb dus een advertentie geplaatst: 'Grote Edammer-kaas-importeur zoekt in al de steden van het land en van het Groothertogdom Luxemburg bekwame vertegenwoordigers, liefst met clientèle onder kaaswinkels. Schrijven aan

Gafpa, Verdussenstraat 170, Antwerpen, onder opgave van referenties en vorige werkkring.'

Het resultaat is niet uitgebleven.

Twee dagen later vond ik op de koffietafel honderd vier-enzestig brieven van allerlei grootte en kleur. De briefdrager had moeten bellen omdat hij ze niet in de bus kon krijgen.

Ik ben dus op de goede weg en zal tenminste mijn schrijfmachine kunnen gebruiken. Eerst al de brieven open-gedaan en gesorteerd per provincie.

Ik zal een landkaart van België kopen en een vlaggetje spelden op iedere stad waar ik een agent heb aangesteld. Dat geeft een prachtig overzicht. En die niet genoeg verko-pen moeten er uit.

Brussel staat aan 't hoofd met zeventig brieven. Dan volgt Antwerpen met tweeëndertig en de rest is verdeeld over 't hele land. Alleen het Groothertogdom heeft niet geschre-ven, maar dat is bijzaak.

Toen alles opengedaan en geklasseerd was kwamen er nog een vijftigtal bij die zeker te laat gepost waren. Dat gaat goed. Ik ben met Brussel begonnen. Er zijn mensen, die hun hele levensgeschiedenis vertellen, van kindsbeen af. Velen beginnen met te zeggen dat zij de grote oorlog als soldaat hebben medegemaakt en zeven frontstrepen dragen. Ik zie niet in wat dat met hun verkopen van kaas te maken heeft. Anderen spreken van hun groot gezin en uitgestane ellende en doen een beroep op mijn medelijdend hart. Bij 't lezen van sommige brieven zijn mij tranen in de ogen gekomen. Ik zal die speciaal opbergen want ik wil niet dat ze onder de ogen van mijn kinderen komen, anders gaan die zaniken tot ik aan die mensen de voorkeur geef. En ik moet er met vuile voeten door. Als ik al die brieven beantwoord dan is het uit louter beleefdheid en ook om op mijn schrijfmachine te kun-nen kloppen, want veel van die mensen zijn nooit in de handel geweest, hebben vroeger sigaretten verkocht of schijnen alleen maar voor de aardigheid geschreven te hebben. Zij die aan de gestelde voorwaarden voldoen schrijven gedecideerd en vragen nadere inlichtingen wat commissieloon en vast salaris betreft. Die schijnen er nog eens goed te willen over nadenken of ze mij 't plezier wel zullen doen een van mijn agentschappen te aanvaarden.

Ik denk er natuurlijk niet aan die kerels een salaris te geven. Waar zou dat naar toe? Zij krijgen drie percent en geen tiende meer. Ik houd twee percent over, plus mijn driehonderd gulden per maand.

Toen ik lekker voor mijn Underwood zat werd er gebeld. Ik hoor het tot hier, maar sla er geen acht op, want ik doe nooit zelf de deur open als ik op kantoor zit. Maar even later kwam mijn vrouw naar boven en zegde dat er drie heren en een dame waren die mij wensten te spreken. Zij hadden een pak bij zich.

'Doe je boord en je das aan,' raadde zij.

Wie mogen dat zijn? Zeker kandidaten die liever zelf komen dan een brief schrijven.

Toen ik de deur van ons salonnetje open maakte kwamen mij vier uitgestrekte handen tegemoet. Het waren Tuil, Erfurt, Bartherotte en juffrouw Van der Tak, mijn vier medecorrespondenten bij de General Marine.

Ik voelde het bloed uit mijn aangezicht trekken en zij moeten iets aan mij gemerkt hebben, want Anna van der Tak schoof mij een stoel toe en gebood mij te gaan zitten.

'Vermoei je vooral niet. Wij zijn dadelijk weg,' verzekerde zij.

Zij hadden besloten mij eens te komen bezoeken om zelf te zien hoe 't met mij ging, want op kantoor werden de idiootste dingen verteld.

Tuil bood verontschuldigingen aan omdat zij op de middag gekomen waren, maar ik wist dat zij overdag geen tijd hadden. En 's avonds een zieke bezoeken, dat gaat niet.

Zij keken mij voortdurend aan en wisselden blikken van verstandhouding.

Op kantoor was in die enkele weken heel wat veranderd. Zij zaten nu met de rug naar 't venster toe, in plaats van andersom, hadden ieder een nieuw vloeirol gekregen en Hamer droeg een bril.

'Stel je Hamer even voor met een bril,' zei Erfurt. ' 't Is om je dood te lachen.'

Terwijl zij praatten hoorde ik dat mijn broer binnen-kwam. Hij zette zijn fiets tegen de muur en marcheerde dan op de keuken af, zoals hij iedere middag doet. Zijn martiale stap klonk dreunend door de gang.

Ik vreesde dat hij van op een afstand vragen zou hoe de kaasverkoop marcheerde, want hij roept als een schipper, uit louter geestdrift. Maar mijn vrouw had hem zeker met tekens het zwijgen opgelegd, want even later hoorde ik dat hij op de tenen aftrok.

Daarop hield Tuil een kleine toespraak in naam van 't hele personeel en sprak de hoop uit dat ik spoedig, gezond als een vis, mijn oude plaats in hun midden weder zou kun-nen komen innemen.

En Bartherotte haalde plotseling, met een plechtig ge-baar, een groot pak van achter zijn rug te voorschijn en stelde het mij ter hand, mij verzoekend het te willen open maken.

Het was een prachtig gepolijste tric-trac doos, met vijftien zwarte en vijftien witte schijven, twee lederen bekers en twee dobbelstenen. Er zat een zilveren plaatje buitenop, met het inschrift:

HET PERSONEEL VAN DE
GENERAL MARINE AND SHIPBUILDING COMPANY
AAN HUN COLLEGA

FRANS LAARMANS

Antwerpen, 15 Februari 1933.

Zij hadden een collecte gedaan en tot zelfs de oude Piet van
't locomotiefje had zijn frank gegeven.

En na een laatste hartelijke handdruk lieten ze mij alleen.

Die tric-trac moet dienen om met vrouw en kinderen
partijtjes te spelen tot ik genezen ben.

Mijn vrouw heeft niets gevraagd. Zij kookt het eten met
een bekommerd gezicht. Ik voel dat een enkel bits woord
haar zou doen wenen.

Veertien dagen geleden heb ik dertig agenten aangesteld, verdeeld over 't hele land, zonder vast salaris maar met een flinke commissie. En er komen maar geen bestellingen binnen. Wat voeren die kerels uit? Zij schrijven niet eens en mijn broer blijft onverstoorbaar naar de verkochte quantums informeren.

Die agenten heb ik op 't zicht moeten kiezen, zoals men slachtvee koopt op de markt.

Met reeksen van tien had ik ze op mijn kantoor ontboden, de ene wat vroeger, de andere wat later, om pijnlijke ontmoetingen tussen concurrenten te vermijden. Hongerige honden moet je niet samen aan één schotel zetten.

Wat zal madame Peeters, mijn buurvrouw, het druk hebben gehad.

Het was een verrassing van 't begin tot aan 't eind.

Stellers van prachtbrieven bleken soms ware wrakken te zijn en andersom. Er waren er grote, kleine, oude, jonge, met en zonder kinderen, chic geklede en in lompen, smekende en dreigende. Zij spraken van rijke familie, van gewezen ministers die zij kennen. En het gaf mij een eigenaardige gewaarwording daar te zitten als de man die met één enkel woord zo'n jubelende kerel veranderen kon in een vod.

Een zei openhartig dat hij honger had en met een bol kaas tevreden zou zijn, ook zonder agentschap. Het pakte mij zó dat ik hem een Edammer gegeven heb. Naderhand heb ik gehoord dat hij onder 't heengaan van mijn vrouw ook nog een paar van mijn oude schoenen had losgemaakt.

Enkelen waren niet buiten te krijgen omdat het op mijn kantoor zo lekker warm was. En twee verklaarden dat het niet opging iemand naar Antwerpen te doen komen zonder zijn reiskosten te vergoeden. Ik heb die maar betaald. Ik noteerde telkens op hun brief: slecht, twijfelachtig, goed, kaal, drinkt, met wandelstok en dergelijke, want na het tiende bezoek kon ik mij de eersten niet meer te binnen roepen.

Ik heb er nog eens ernstig over nagedacht of ik Antwerpen tóch maar niet zelf bewerken zou. Hier in de stad zou Frans Laarmans dus agent van de Gafpa zijn. Maar het beeld van mijn alleenstaand kantoor laat mij geen rust. Wat zou het publiek van de Gafpa gaan denken als die niet eens antwoord gaf aan de telefoon?

En toen is mijn jongste zwager gekomen om te vragen of hij niet in Antwerpen proberen mocht. Hij is eigenlijk diamantslijper, maar wegens de grote slapte loopt hij al maanden zonder werk.

'Fine heeft gezegd dat ik er u maar eens moest over aanspreken,' verklaarde hij met de valse onderdanigheid van iemand die weet dat hij van hoger hand gesteund wordt.

Ik heb 'Fine' in haar keuken opgezocht en bevestiging gevraagd. En die zegt eenvoudig dat hij alle dagen over die kaas komt zaniken. Zij voert nu 't hoogste woord niet, zoals toen bij 't bespreken van 't al of niet opnieuw behangen van mijn kantoor.

'Moet ik Antwerpen aan Gust toevertrouwen, ja of neen?' heb ik haar nog eens zakelijk gevraagd en haar daarbij goed aangekeken.

Daarop heeft zij iets gemompeld waar ik geen woord van verstaan heb, heeft een waskuip opgepakt en is naar de kelder getrokken.

Wat kon ik anders doen dan hem op proef nemen? Maar gaat het niet, dan moet hij er uit, zwager of geen zwager. Natuurlijk kost mij dat minstens een hele bol, waar ik niets van terug zie.

Ik heb bestelbons laten drukken, verdeeld in kolommen: besteldatum, naam en adres van de koper, aantal kisten van 27 kazen van plus minus 2 kg, prijs per kilo, betalingstermijn. Op iedere bon is ruimte voor vijftien bestellingen. Om te beginnen heeft ieder agent tien bons ontvangen, dus genoeg voor vijf weken. 't Is zo eenvoudig en praktisch mogelijk. Iedere maandag en donderdag hebben zij slechts hun bon in te vullen en die mij met de post te zenden. Het overige volgt dan vanzelf.

Daar ik echter niets zie komen, ben ik mijn twee Brusselse agenten, Noeninckx en Delaforge, ten slotte gaan opzoeken om te weten wat er aan scheelt en om die mensen desnoods met raad en daad bij te staan. Ik had Brussel namelijk in een oostelijke en westelijke helft verdeeld, want ik vind die stad te groot om door één man grondig bewerkt te kunnen worden.

Na een tramrit waar geen eind aan kwam, moest ik vernemen dat die Noeninckx aan 't opgegeven adres volkomen onbekend is. Maar hoe konden mijn brieven hem dan bereiken? Want die zijn niet teruggekomen.

Delaforge woont in een heel andere buurt, op een vliering geloof ik, want hoger ging de trap niet. Op het portaal hing wasgoed te drogen en het rook er naar gebakken haring. Ik heb een hele tijd op zijn deur geklopt, tot hij eindelijk in zijn hemdsmouwen open deed, met ogen nog dik van 't slapen. Hij herkende mij niet eens en toen ik zei wie ik was, verklaarde hij dat die kaasgeschiedenis hem niet interesseerde. En daarop flapte hij de deur voor mijn neus dicht.

Ik begrijp er niets van.

XV

Vol kommer als ik ben heb ik lusteloos mijn wekelijks bezoek gebracht aan Van Schoonbeke en zijn vrienden. En ik had pas de helft van hun handen gedrukt of hij feliciteerde mij weer eens. Ik keek hem verwijtend aan want die periodieke gelukwensen zonder ondergrond vind ik vernederend en ik laat niet met mij sollen. Maar hij bracht zijn gasten – en zodoende ook mij – met een paar woorden op de hoogte.

'Onze vriend Laarmans is tot voorzitter gekozen van de Vakbond van Belgische Kaashandelaren. Ik drink op dat groot succes,' verklaarde hij.

Allen ledigden hun glas, want zij staan altijd klaar om met de wijn van Van Schoonbeke op wat dan ook te klinken.

'Die jonge man zal het ver brengen,' zei die met zijn gouden tanden.

Ik protesteerde, want het kon niets anders zijn dan een flauwe geestigheid van onze gastheer, maar die oude advocaat met zijn halve bol verklaarde dat een self-made man als ik die nederigheid als een versleten jas moest afwerpen. De kaasstandaard hoog houden, mijnheer!

Onder 't heengaan vroeg ik Van Schoonbeke waarom hij die grap had uitgehaald maar hij hield vol dat het een afgedane zaak was en lachte mij vriendelijk toe, want hij is vol goede bedoelingen.

'President!' accentueerde hij bewonderend.

Hij vindt het natuurlijk een winst aan prestige, niet alleen voor mij maar indirect ook voor hem en voor al zijn vrienden. Ik zou de tweede president zijn, want die ene vent is voorzitter van de Vereniging van Antwerpse Graanimporteurs.

Ik begrijp het niet want ik heb niets gevraagd en ken die vereniging niet eens, al ben ik er lid van.

De volgende morgen bracht de post opheldering in de vorm van een brief van de Association Professionnelle des

Négociants en Fromage, waarin mij werd medegedeeld dat ik tot plaatsvervangend voorzitter gekozen was. Zelfs plaatsvervangend vind ik te veel. Ik wil niets vervangen. Ik wil dat mijn broer zwijgt, dat mijn kantoor draait, en dat mijn agenten verkopen. En dat men zich met mij niet bemoeit. Ook de reden werd aangegeven. Drie jaar terug waren de invoerrechten op kaas van tien op twintig percent *ad valorem* gebracht en zij hadden zich, onder leiding van hun oude voorzitter, al die tijd tevergeefs ingespannen om die verhoging er weer af te krijgen. Zij zouden nu vrijdag, dus morgen, nogmaals in audiëntie ontvangen worden op het Departement van Handel en stonden er op dat ik hun delegatie aanvoeren zou.

Hun brief verontrustte mij in hoge mate want dat aan de naam van een voorzitter van zulk een vakvereniging allicht enige ruchtbaarheid gegeven wordt, zoveel weet ik er wel van. Dat is immers niet te verhinderen. En ik wil voor geen geld ter wereld dat Hamer en heel het personeel van de General Marine zich een dezer dagen rond een krant komen scharen waar mijn portret in staat als kaasleider voor België. Dat mag niet. Daar wil ik niet aan blootstaan.

Ik keer morgen terug naar Brussel en zal die heren zeggen dat mijn gezondheid het niet toelaat. En willen zij niet horen dan neem ik ontslag als lid en dan kan hun vereniging stikken. Het spijt mij voor Van Schoonbeke, maar ik kan niet anders.

Ik trof in het Palace Hotel vier kaasmensen aan die zich aan mij voorstelden als Hellemans van Brussel, Dupierreux van Luik, Bruaene van Brugge en een vierde uit Gent waarvan ik de naam niet verstond. En daar het tijd werd dienden wij op te stappen.

'Heren,' zei ik, 'neem het mij niet kwalijk, maar ik kan het niet accepteren. Kies iemand anders,' smeekte ik, 'ik zal u dankbaar zijn.'

Maar zij gaven niet toe en wij konden niet terug, want de

directeur-generaal, of misschien de minister zelf, verwachtte ons om tien uur en onze vijf namen waren opgegeven. Zij
hadden geen tegenstand verwacht, integendeel, want die
advocaat uit Antwerpen had gezegd dat ik niet beter vroeg.
Daar had je 't al. Weer eens het werk van mijn vreselijke
vriend die mij hoger op wil zien.

'Luister,' zei Dupierreux, die zenuwachtig werd, 'indien
u geen voorzitter wilt blijven doe dan tenminste met ons die
éne demarche. Over een uur zijt u voorzitter-af.'

Op die voorwaarde heb ik ten slotte toegestemd en ben
meegegaan.

Na een tijdlang in een wachtkamer gezeten te hebben met
een delegatie van brouwers, verscheen een bode, die met
luide stem de Association Professionnelle des Négociants en
Fromage opriep en ons voorging tot in het kabinet van een
heer de Lovendegem de Pottelsberghe, directeur-generaal
van het Departement, die ons, na een hoofse begroeting, vijf
stoelen aanwees die voor zijn bureau stonden.

'President, als ik u verzoeken mag,' zei Hellemans. En
toen ik gezeten was namen ook zij plaats.

De directeur-generaal adjusteerde zijn bril en zocht uit
een stapel een bepaald dossier uit dat hij nog even inkeek.
Het ging vlot, wat mij deed denken dat de hoofdzaak hem
reeds bekend was. Hij schudde herhaaldelijk het hoofd en
haalde zijn schouders op als stond hij voor een onmogelijke
taak. Eindelijk ging hij achterover in zijn zetel liggen en
keek ons aan, mij vooral.

'Heren,' verklaarde hij, 'het spijt mij vreselijk, maar dit
jaar gaat het niet. Het zou op een ongepast moment een gat
maken in de lopende begroting, zonder nog te spreken van
een geweldige reactie bij de binnenlandse fabrikanten met
een campagne in de pers en de klassieke interpellatie in het
parlement. Maar toekomend jaar zullen wij zien.' En toen
belde zijn telefoon.

'De duivenmelkers moeten wachten tot ik klaar ben met

de kaashandelaren,' snauwde hij en belde af.

'Maar,' vervolgde hij troostend, 'ik beloof u niet te zullen toegeven indien onze eigen fabrikanten op een nieuwe verhoging van tien percent komen aandringen.' En hij raadpleegde zijn horloge.

Mijn vier suppoosten keken in mijn richting en daar ik niets uitbracht verklaarde Dupierreux dat zij dat al lang wisten want bij ieder bezoek werd hun hetzelfde gezegd. En daarop volgde een verwarde discussie over inheemse en buitenlandse kaassoorten, met statistieken waar ik niets van begreep. Hun vier stemmen versmolten tot één gezoem dat zich allengs van mij scheen te verwijderen. En eindelijk stond ik een paar stappen terug en zag op dat vindicerende viertal neer. Daar zat Hellemans, een man op jaren, vergrijsd in de kaas, Bruaene, een zwaarlijvige kerel, blakend van gezondheid en met een dikke gouden ketting op de buik, Dupierreux, een klein zenuwachtig heertje dat zich moeilijk kon beheersen en eindelijk die man uit Gent met zijn puistige handen, naar voren hangend, de ellebogen op de knieën als om geen syllabe te missen. Alle vier mensen van aanzien in de kaas, mensen met een verleden, met kaastraditie, mensen van gezag, mensen met geld. En daartussen die verwaaide Frans Laarmans die niet meer van kaas af wist dan van chemicaliën. Wat hadden die vieze kaaswormen zich met die schamele man gepermitteerd? En opeens schoof mijn stoel als vanzelf achteruit. Ik stond recht en met een woeste blik op die vier verkaasde lummels verklaarde ik, met luide stem, dat ik er genoeg van had.

Zij staarden mij verbijsterd aan, zoals iemand toekijkt bij een eerste uitbarsting van zinneloosheid.

Ik zag de Lovendegem de Pottelsberghe verbleken. Hij maakte zich op, zwenkte rond zijn bureau, kwam haastig naar mij toe en legde zijn blanke hand vertrouwelijk op mijn arm.

'Kom, kom, mijnheer Laarmans,' suste hij, 'zo heb ik het

niet bedoeld. Wat dunkt u van vijf percent vermindering en de andere vijf het volgend jaar. Wees nu een beetje inschikkelijk, want alles ineens durf ik heus niet op mij te nemen.'

'Akkoord,' zei die man uit Gent. En even later stond ik op het trottoir, omringd door mijn stralende kaasmakkers die mij alle vier tegelijk de hand drukten.

'Mijnheer Laarmans,' mompelde Dupierreux aangedaan, 'wij danken u. Zo iets hebben wij niet durven hopen. Het is formidabel.'

'En nu is mijn voorzitterschap voorgoed van de baan, niet waar heren?'

'Zeker,' stelde Bruaene mij gerust. 'Wij hebben u niet meer nodig.'

XVI

Er is een brief uit Amsterdam gekomen waarin Hornstra zegt dat hij dinsdag naar Parijs moet en van zijn passage door België zal profiteren om die eerste twintig ton met mij te komen verrekenen. Hij zal om elf uur hier zijn.

Was het van schaamte of van woede? Ik weet het niet. Maar toen ik die brief las kreeg ik een geweldige kleur, al zat ik alleen en ongezien op mijn kantoor, waar nu niets meer ontbreekt.

Ik heb de brief in mijn zak gestoken, want ik wil niet dat mijn vrouw het weet, anders vertelt zij 't zeker aan mijn broer. Maar één ding staat vast. Als die Edammers over vijf dagen niet verkocht zijn, dan wordt de Gafpa getorpedeerd. Eigenlijk heb ik nog slechts vier dagen, want voor een man van zaken telt de zondag niet mee.

Met de dood in 't hart heb ik mijn mandvalies weer van de zolder gehaald en er een van mijn kazen ingestopt. Mijn vrouw denkt zeker dat mijn vrienden een tweede bestelling hebben gedaan.

Vooruit nu, Frans. 't Is uit met al je kantoorgelul. Je moet er zelf op los, met geen andere helpers dan je tong en de kwaliteit van je volvette.

Ik weet best waar ik heen moet. Als ergens kaas omgezet wordt, dan is het dáár.

Maar wat zal ik vertellen? Zo maar vragen of zij soms niet een beetje kaas willen kopen?

Nu besef ik dat het mij mangelt aan praktijk, want ik heb nog nooit iets verkocht. En nu ineens kaas. Was het nog mimosa. En toch sta ik maar voor een alledaags probleem. Want wat doen die miljoenen mensen van zaken dan? Die moeten toch óók.

Dat bewijsnummer van *Le Soir* ligt nog steeds op mijn bureau-ministre. Ik sla het open om mijn advertentie nog eens te aanschouwen. Ze ziet er zo goed uit dat ik lust krijg er zelf op te schrijven om mijn diensten aan te bieden.

En werktuigelijk valt mijn blik op een kleine inlassing, vlak onder de mijne: 'Schriftelijke en mondelinge raadplegingen voor kooplieden en agenten die moeite hebben met hun verkoop. Jarenlange ondervinding. Boorman, Villa des Roses, Brasschaet.'

Die gemeente is in de buurt. Waarom zou ik die man eigenlijk niet raadplegen voor ik de beslissende stap waag?

Dat heb ik dan maar gedaan, zoals een zieke, buiten het weten van zijn dokter, naar kwakzalvers loopt.

Ik moest wachten om aan de beurt te komen.

Boorman is een stevig oud heertje, met een groot hoofd en een strakke blik, die met zijn rug naar 't venster zit en 't helle daglicht op zijn bezoekers laat schijnen.

Hij heeft naar mijn Gafpageschiedenis geluisterd zonder mij te onderbreken en dan gezegd dat twee zaken voor mij van belang zijn: hoe ik binnen kom en wat ik zeg. Eerst en vooral, hoe kom je binnen? Je kan binnen komen als een die iets brengt of als een die iets komt vragen, als een man van zaken of als een bedelaar. Het bedelachtige, zegt Boorman, zit minder in 't plunje dan in houding en toon.

Je komt dus losweg binnen, misschien wel met een sigaar in de mond, gooit je valies neer als zat er om het even wat in, maar geen kaas, en vraagt of je de eer hebt.

Hij zegt natuurlijk ja. En heb je de eer *niet*, dan heeft hij toch de eer.

Je gaat zitten, desnoods ongevraagd.

Mijnheer, wij zijn speciaal van Amsterdam gekomen om u 't monopolie voor Antwerpen van onze volvette Gafpakaas aan te bieden, na ingewonnen informatie over uw firma.

Wij, betekent, dat er eigenlijk een volledige officiële commissie gekomen is, maar de anderen zitten nog in 't hotel. Gisteravond na de aankomst een beetje geboemeld.

Speciaal uit Amsterdam is een beroep op zijn goed hart, zegt

Boorman. Immers, als hij niet koopt kan de commissie slechts terugkeren naar haar moederstad en dan is de hele reis verloren. Bovendien is het vertrouwen in zijn firma dan geschokt. En daar behoort hij gevoelig voor te zijn, want *na genomen informatie* sluit in dat jullie heel Antwerpen gezift hebben en dat hij alleen is overgeschoten. En *onze* volvette betekent dat achter jullie de hele Nederlandse kaasindustrie pal staat. Hij was bereid mij praktische lessen te geven, maar dat kan niet meer, want Hornstra is in aantocht.

Dat bezoek bij Boorman is mijn laatste respijt geweest. Door iedereen verlaten moest ik de kaasdraak zelf te lijf. Ik ben onopgemerkt met mijn valies voorbij madame Peeters geraakt en heb de tram genomen tot aan die kaaswinkel met zijn prachtige etalage, waar het zo stinkt. Eerst heb ik een tijd voor de vitrine gestaan, en onder al die kaassoorten naar een Edammer gezocht. Ja, daar ligt er een, middendoor gesneden. Die haalt het natuurlijk niet bij mijn volvette, dat kan ik zo wel zien.

De winkel geeft nog dezelfde lucht af als toen op die avond. 't Is vreemd, maar nu ik al een tijd in 't vak ben, kan ik het minder goed uitstaan dan bij mijn thuiskomst uit Amsterdam. Ben ik weker geworden? Of zit het in mijn stemming?

De winkel marcheert goed, dat is zeker.

Binnen staan een zestal klanten en de winkeljuffrouwen hebben het druk met snijden, inpakken en weergeven. Tot buiten hoor ik ze telkens vragen: 'En voor u, madame?'

Ik kan toch niet binnenvallen zolang al die kopers daar staan en 't hele bedrijf doen stilleggen om een voordracht over mijn volvette te geven. Want dat het tot een toespraak zal moeten komen is zeker. Als ik niet direct begin, dan vragen zij misschien: 'En voor u, mijnheer?' En dan worden de rollen omgekeerd.

De drukte is nu een beetje geluwd. Er staat maar een enkele dame meer.

Nu of nooit.

Maar twee van de winkeljuffrouwen, die niets te doen hebben, kijken mij aan, zeggen iets tegen elkaar en beginnen te lachen. De oudste spiegelt zich even en strijkt haar voorschoot glad. Denken zij soms dat ik hier sta om ze te komen opvrijen?

Ik kijk op mijn horloge, keer ze de rug toe en na nog even gewacht te hebben loop ik een eindje verder tot aan de Bass Tavern.

Ik ga dat café binnen, want die agent van politie heeft mij óók al een paar maal aangekeken, en bestel een Pale-Ale. Ik drink het bier in één teug op en doe mijn glas nog eens vullen.

Naar huis gaan zonder eerst een poging te doen, dát in geen geval, want ik wil mijzelf niets te verwijten hebben. Een gerust geweten is óók wat waard. En dan, het zal niet gezegd worden dat ik mij door die vier teven heb laten verjagen.

Mijn tweede glas is ledig. Ik werp een blik op mijn mandvalies, pak het beet en loop op de winkel toe. Een stormaanval.

Bij 't passeren voorbij de vitrine doe ik even de ogen dicht om niet te zien hoeveel klanten er staan. Ik ga binnen, al stonden er honderd en zal wachten tot ik een kans krijg om te zeggen wat ik te zeggen heb. Desnoods ga ik zo lang op mijn mand zitten, want schaamte ken ik niet meer.

De winkel was ledig. Alleen die vier witte meiden achter de toonbank.

Tot welke van de vier moet ik spreken? Van d'ene naar d'andere kijken is niet aan te raden. Dan raak ik misschien de kluts kwijt, want dan antwoorden zij alle vier samen.

Ik wend mij tot de oudste die straks zo koketteerde en zeg dat ik speciaal van Amsterdam gekomen ben om de heer Platen het monopolie voor Antwerpen van onze volvette Edammerkaas aan te bieden tegen prijzen beneden alle concurrentie.

Platen staat op de winkelruit. Dat was mij niet ontsnapt.

Naar gelang mijn volzin vordert zie ik haar mond openvallen en als ik aan 't eind kom, vraagt zij: 'Wat zegt u, mijnheer?'

't Is vreemd, maar als je komt om te verkopen, dan verstaan de mensen je niet.

Ik vraag nu of zij mijnheer even wil roepen, want met dat kwartet kom ik niet verder. Er komen trouwens drie klanten ineens binnen en kort daarop nog twee. En daar begint het weer van: 'Wat voor u, madame?'

Zij laten mij staan, te midden van grote klompen boter, manden vol eieren en stapels conserven.

Ja, de klanten gaan voor, daar is niets aan te doen.

Telkens rinkelt de registreerkas en hoor ik: 'merci madame' blaten.

Ik vraag nu plotseling of mijnheer Platen thuis is, waarop ik verlof krijg om zelf op zijn kantoor te kijken, achter de winkel.

Ik scheer voorzichtig de boter langs en loer door een glazen deur. Jawel, daar zit iemand. Ik klop en Platen, want hij was het zelf, roept: 'Binnen.'

Zijn kantoor kan aan het mijne niet ruiken. 't Is half kantoor, half zitkamer. Er staat zelfs een gaskomfoor. Hoe die man hier werken kan begrijp ik niet. Is dat nu een milieu voor een man van zaken? Maar papieren zijn er genoeg en hij schijnt het druk te hebben. Hij zit in zijn hemdsmouwen te telefoneren, zonder boord of das.

Met een blik vraagt hij wat ik verlang, zonder af te bellen. Ik doe hem teken dat hij gerust mag doortelefoneren en daarop vraagt hij naar het doel van mijn bezoek, want hij moet de stad in en heeft geen tijd.

Ik herhaal wat ik binnen gezegd heb, rustig en met iets geposeerds in houding en stem. Ik heb mijn benen gekruist.

Hij kijkt mij aan en zegt: 'Vijf ton.'

Ik stond verstomd en pakte naar mijn vulpen, toen hij in

de telefoon nog eens herhaalde: 'Vijf ton kunt u krijgen tegen veertien frank per kilo.' Nu belde hij af, stond op en begon zijn boord aan te doen.

'Voor wiens rekening werkt u?' vroeg Platen, waarop ik Hornstra zei.

'Ik ben zelf groothandelaar in kaas. Hornstra ken ik goed. Ik ben jarenlang zijn agent geweest voor België en 't Groothertogdom Luxemburg, maar hij was mij ten slotte te duur. Verspil dus uw tijd maar niet, mijnheer.'

Hij had er dus óók dat Groothertogdom bij.

'Gaat u mee?' vroeg hij nog. 'Als u naar de stad moet kunt u van mijn auto profiteren.'

En dat heb ik gedaan, alleen maar omdat het de beste manier was om onder 't oog van die vier meiden de winkel door te komen.

Ik ben in zijn wagen blijven zitten tot hij voor een kleinere kaaswinkel stopte en zelf uitstapte. Was hij naar Berlijn gereden, ik zou meegegaan zijn.

Ik heb hem bedankt, mijn mandvalies opgepakt en de tram genomen, naar huis toe.

Mijn accumulator is leeggelopen. Ik ben uitgebloed.

XVII

Thuis wachtte mij toch nog een verrassing, want toen Jan uit de school kwam riep hij dat hij kaas verkocht had.

'Een hele kist,' beweerde hij.

En toen ik de krant opnam, als had ik niets gehoord, liep hij naar de telefoon, vormde een nummer en begon een conversatie met een van zijn kameraden. Hij maakte eerst wat gekheid in 't Engels en toen hoorde ik dat hij zijn vriend verzocht zijn vader aan de telefoon te roepen.

'En een beetje gauw of je krijgt morgen een uppercut van mijn linkse.'

En even daarop riep hij: 'Pa! Pa!'

Hij had gelijk.

Ik kwam in gesprek met een vriendelijke onbekende, die zei dat het hem genoegen deed met Jans vader kennis te maken en bevestigde dat ik zo'n kist van zevenentwintig stuks leveren kon.

'Ik heb een kist verkocht, oom,' riep Jan toen mijn broer binnenkwam.

'Goed zo, jongen. Maar jij moet vooral je Grieks en Latijn blokken. Voor de kaas zorgt vader wel.'

Die kist heb ik toch nog maar geleverd, om die vader van Jan zijn vriend plezier te doen. Ik heb ze zelf even met een taxi gebracht.

's Avonds was er ruzie tussen Jan en Ida.

Hij lacht haar uit omdat zij nog niets verkocht heeft. Hij zingt: 'kaas, kaas, kaas, kaas' op de klimmende tonen van do, sol, mi, do en als zij eindelijk op hem afvliegt, dan houdt hij haar met zijn lange armen op afstand om niet getrapt te worden. Tot zij dan eindelijk aan 't huilen gaat en bekent dat zij op school niet meer over kaas durft spreken omdat ze haar kaasboerin zijn gaan noemen.

Zij had dus óók geprobeerd.

Ik stuur Jan de tuin in en geef haar een zoen.

XVIII

Ik ben onbekwaam tot werken en doorleef die laatste dagen als in een droom. Zou ik nu waarlijk ziek gaan worden?

Zoëven heb ik bezoek gekregen van die zoon van notaris Van der Zijpen, waar Van Schoonbeke over gesproken had.

't Is een gedistingeerd jongmens van ongeveer vijfentwintig, die sterk naar sigaretten ruikt en geen minuut kan blijven staan of zitten zonder een dansmaat te trappelen.

'Mijnheer Laarmans,' sprak hij, 'ik weet dat u een vriend van Albert van Schoonbeke, dus een gentleman zijt. Ik reken op uw discretie.'

Wat moest ik daar op antwoorden, vooral in een stemming als de mijne. Ik heb dus maar even geknikt.

'Mijn vader is bereid uw Gafpa-onderneming te commanditeren. Ik denk dat er tweehonderdduizend pop uit hem te tappen zijn, misschien wel meer.'

Hij hield even op om mij een sigaret aan te bieden, stak er zelf een op en keek mij aan als om te zien welke indruk zijn inleiding op mij maakte.

'Verder, mijnheer,' verzocht ik koel, want pop en tappen stonden mij tegen.

'Ja, *verder* is het zeer eenvoudig,' zei hij brutaal. 'Ik word dan uw vennoot tegen een maandelijks vast bedrag van vierduizend frank. U neemt iedere maand óók vierduizend op, dat spreekt vanzelf. Maar ik heb absoluut geen aanleg voor de handel en ben zeker niet van plan hier mijn dagen te slijten. Ik stel u dus voor dat u mij iedere maand slechts drieduizend geeft en ik teken kwitanties van vierduizend, op voorwaarde dat ik geen voet op uw kantoor behoef te zetten, zelfs niet om mijn geld te komen halen. Ik zeg u dan wel waar u 't mij brengen kunt. Met die tweehonderdduizend kunnen wij in ieder geval twee jaar toekomen en als ze op zijn zullen wij wel verder zien. Dan besluiten wij misschien tot een kapitaalsverhoging. Wat mijn aandeel in de winst betreft, dat krijgt u cadeau. Is dat geen prachtig voorstel?'

Ik heb geantwoord dat ik er moest over nadenken en dat ik hem via Van Schoonbeke bescheid zou geven.

Toen hij weg was heb ik mijn feestelijk bevlagde landkaart van België waarop rond ieder vlaggetje het kaasgebied van de aldaar gevestigde agent was getrokken, van de muur genomen en opgeborgen.

Mijn agenten nog eens aanschrijven?

Kom, kom, weg er mee. Het is tijd dat die kaasellende een einde neemt.

Ik had duizend vel brievenpapier met Gafpahoofd. Het blanco gedeelte heb ik er afgeknipt. Dat kan te pas komen voor Jan en Ida. En 't andere stukje is voor de wc.

Daarop ben ik naar de kelder gegaan.

In de kist zitten nog vijftien en een halve kaas. Even natellen: één is bij douane en Veem gebleven, een tweede is verdeeld tussen Van Schoonbeke en mij; zeven en een halve bol zijn naar Van Schoonbekes vrienden gegaan, één heb ik aan die bedelagent en één aan mijn zwager gegeven. Zevenentwintig min elf en een half. Dat klopt. Over mijn nauwkeurigheid zal Hornstra niet te klagen hebben.

Die halve bol verveelt mij. Waarom ook moest die oude vent slechts een halve bol nemen? Ik neem het stuk in de hand en sta besluiteloos. Hele bollen kan ik inleveren, maar halve niet. Weggooien zou zonde zijn.

Ik hoor dat mijn vrouw de trap opgaat, zeker om bedden te dekken. Ik wacht tot zij boven is, sluip dan stilletjes de keuken in en leg de ronde halve maan in de kast op een bord, met de ronding naar boven toe, voor het uitdrogen. Dan ga ik terug naar de kelder, tel de Edammers nog even na en spijker de kist dicht. Ik hamer zo behoedzaam mogelijk om mijn vrouw boven niet te doen schrikken. Zij kon wel aan verhangen denken.

Zie zo, dat is in orde. Nu naar kantoor en voor een taxi gebeld die even later voor de deur staat.

Met de kist weegt dat restant van vijftien kazen nog meer dan dertig kilo. En toch licht ik het gedrocht van de grond, draag het de keldertrap op en dan de gang door tot aan de straatdeur. Ik doe open en de chauffeur neemt de kist over. Hij heeft de grootste moeite om ze vier stappen verder te krijgen, tot in zijn wagen.

Ik ga mijn jas aantrekken, neem mijn hoed en vervoeg mij bij mijn kist. Madame Peeters, onze buurvrouw, staat voor het raam en volgt de hele operatie met de grootste belangstelling. Boven zie ik mijn vrouw aan 't venster verschijnen.

Ik heb de kist in de patentkelder gedeponeerd en de taxi doorgezonden.

Mijn kaastestament is gemaakt.

Hoe het komt begrijp ik niet, maar mijn vrouw, die de taxi zag voorrijden, heeft niets gevraagd en mijn broer schijnt absoluut geen belang meer te stellen in verkochte en niet verkochte quantums. Hij spreekt over zijn zieken, over mijn kinderen, over politiek. Zou hij met mijn vrouw overleg hebben gepleegd?

En zo zal Hornstra dan morgen komen.

De waarde van Jan zijn kist en van die elf bollen ligt gereed op mijn kantoor in een enveloppe.

Zou ik tóch maar niet liever aan mijn vrouw zeggen wat ons morgen te wachten staat? Neen, zij heeft zo al kommer genoeg.

Hoe zeer dat onderhoud met Hornstra mij ook tegensteekt, toch begin ik er naar te hunkeren als een martelaar naar de verlossende dood, want ik beeld mij in dat mijn prestige van man en vader met de dag vermindert. Maar wat is dat nu ook voor een toestand. Mijn vrouw zit daar met een man die officieel bediende bij de General Marine is maar die de rol speelt van leider van de Gafpa, gedekt door een dokterscertificaat. Een zenuwlijder die in stilte en ongezien kaas moet omzetten, alsof het een misdaad was.

En dan die kinderen. Zij laten niets blijken van wat er

omgaat in hun gemoed, maar ik weet zeker dat zij onder elkaar die ongehoorde kaasfantasie bespreken als een pathologisch geval. Een vader moet immers iets uit één stuk zijn. Of hij burgemeester is, bookmaker, klerk of losse werkman, dat komt er minder op aan. Maar iemand die begint met jarenlang zijn plicht te doen, wat die plicht dan ook zij, en die dan ineens en ongevraagd een operette gaat spelen als ik met die kaas, is dat nog wel een vader?

Normaal is het zeker niet. In een dergelijk geval treedt een minister af en verdwijnt uit het circus. Maar een echtgenoot en vader kan slechts aftreden door zich van kant te maken. En mijn broer, die zo plotseling en in 't oog lopend opgehouden heeft naar de gang van 't omzetten te informeren. Die heeft van in 't begin geweten hoe 't lopen zou. Waarom heeft hij dan niet geweigerd mij dat certificaat te geven? Dat was verstandiger geweest dan alle dagen monsters van medicamenten mede te brengen die niemand nodig heeft. Die lamstraal. 't Is mij alsof ik hem aan mijn vrouw discreet hoor vragen of het nog niet afgelopen is, zoals men naar de toestand van een stervende informeert. En zij antwoordt dat ik die kist alvast uit de kelder heb gehaald.

Een beangstigend gevoel van verlatenheid maakt zich van mij meester. Wat heb ik nog aan mijn gezin? Tussen hen en mij staat immers die kaasmuur? Was ik geen jammerlijk vrijdenker, ik zond een gebed op. Maar kan ik nu, op mijn vijftigste jaar, plotseling aan het bidden gaan voor een kaaskwestie?

Ik denk opeens aan mijn moeder. Wat een geluk dat zij die kaasramp niet bijwoont. Indertijd, vóór zij kapok pluisde, zou zij die tweeduizend kazen betaald hebben om mij dit lijden te besparen.

En nu vraag ik mij af of ik dat alles verdiend heb. Waarom heb ik mezelf eigenlijk voor die kaaswagen gespannen? Is het omdat ik opgezweept werd door 't verlangen om het lot van vrouw en kinderen te verbeteren? Dat zou edel zijn, maar zo'n Jezus Christus ben ik niet.

Was het om een beter figuur te slaan op de kletspartijen? Evenmin, want wat ik aan ijdelheid bezit kon dáár geen voldoening in vinden.

Maar waarom heb ik het dan gedaan? Ik walg van kaas. Ik heb nooit verlangd kaas te verkopen. Kaas gaan kopen in een winkel vind ik al erg. Maar met een kaasvracht ronddolen en smeken tot een christenziel die last van je schouders neemt, dat kan ik niet. Dan liever dood.

Waarom heb ik het dan gedaan? Want het is geen nachtmerrie maar bittere werkelijkheid. Ik had gehoopt de kazen in die patentkelder voor eeuwig te begraven, maar ze zijn losgebroken, spoken mij voor de ogen, drukken op mijn ziel en stinken.

Ik geloof dat het mij overkomen is omdat ik te meegaand ben. Toen Van Schoonbeke mij vroeg of ik het doen wilde, heb ik de moed niet gehad hem en zijn kaas van mij af te stoten, zoals ik had moeten doen. En voor die lafheid doe ik boete. Mijn kaasbeproeving is verdiend.

XIX

De laatste dag is aangebroken.

Ik ben in bed gebleven tot half tien en door langzaam koffie te drinken ben ik tot half elf geraakt. De krant lezen kan ik niet. Ik trek dus maar naar mijn kantoor zoals een hond, die niet weet wat te doen, naar zijn hok trekt. En opeens krijg ik een ingeving.

Is het eigenlijk wel nodig dat ik Hornstra ontvang? Dat beetje geld kan ik hem evengoed met de post zenden en zijn kaas ligt ongeschonden in die kelder. Waarom mijn vrouw die pijnlijke scène niet bespaard?

Om tien minuten voor elf ga ik in ons salonnetje zitten naast de straatdeur.

Misschien komt hij helemaal niet. Hij kan dood zijn. Hij kan doorgereisd zijn naar Parijs. Maar dan had men mij gewaarschuwd, want zo lichtzinnig zijn die Hollanders niet. Hij zal later komen, maar hij komt.

Als een schaduw zo stil glijdt opeens een prachtige heren-auto voor en daar gaat de bel.

Ik vertrek mijn gezicht, want het gerinkel doet mij pijn, en sta op.

Ik hoor dat mijn vrouw in de keuken een emmer neerzet en door de gang komt om open te maken.

Als zij ter hoogte van de salondeur gekomen is, wip ik de gang in en versper haar de weg. Zij wil voorbij, maar ik stoot haar terug. Zó had ik die kaas moeten terugstoten.

'Niet open doen,' zei ik sissend.

Zij staart mij verwilderd aan, als iemand die hulpeloos een moord ziet plegen. Voor 't eerst, sedert ik haar dertig jaren geleden ontmoette, is zij bang.

Ik zeg niets meer. Ik behoef niets te zeggen want zij verbleekt en trekt op de keuken terug. Ik ga in een hoek van 't salon staan, van waaruit ik de straat duidelijk zien kan. Wie van buiten naar binnen kijkt ziet slechts een schemering.

Mijn buurvrouw staat natuurlijk óók in haar salon, op een paar stappen van mij af, dat weet ik.

De bel gaat voor de tweede maal. Haar bevelende stem dreunt door mijn stille huis.

Na enig wachten zie ik de chauffeur op de auto toelopen. Hij zegt iets, maakt de deur open en Hornstra komt uit zijn wagen. Hij draagt een geruit reiskostuum met korte broek en een Engelse pet en voert een hondje aan een leiband.

Hij kijkt verwonderd tegen mijn stilzwijgende gevel op, komt tot aan onze vensters en probeert binnen iets te onderscheiden. Ik hoor hem iets zeggen, maar kan niets verstaan.

Daar heb je opeens madame Peeters.

Zij komt zelf haar diensten aanbieden, want Hornstra heeft bij haar niet gebeld, anders had ik het gehoord.

Op haar beurt drukt zij haar smoel tegen onze vensters aan alsof zij iets ontdekken kon waar Hornstra niets heeft gezien. Ik gruw van haar. En toch verdient zij 't niet. Want wat kan die oude sukkel anders doen, de hele lange dag. Zij gaat niet uit en onze straat is haar bioscoop, steeds met dezelfde film.

Nu belt madame Peeters zelf. En na nog enig gesticuleren krijgt Hornstra zijn portemonnaie en wil haar een fooi geven die zij hartstochtelijk weigert. Dat blijkt uit het gebarenspel.

Zij heeft haar ziel aan Hornstra niet verkocht, maar wilde voor eigen rekening weten of ik nu werkelijk niet thuis ben.

Goed zo, madame Peeters!

Als die halve bol niet op is, zal ik Ida sturen om haar die cadeau te doen.

Nu kruipt Hornstra zijn wagen in, zijn hondje achter zich aanslepend. Hij klapt de deur toe en de auto schiet even geluidloos weg als zij gekomen was.

Ik blijf nog even staan en een grote berusting vervult mijn hele wezen. 't Is alsof ik in bed door een liefdevolle hand word toegedekt.

Maar ik moet naar de keuken.

Mijn vrouw staat daar zonder iets te doen en kijkt ons tuintje in.

Ik ga op haar toe en sluit haar in mijn armen. En als mijn eerste tranen op haar verweerd gezicht vallen, zie ik dat zij mij tegenweent.

En opeens is de keuken weg. Het is nacht, en wij staan weer alleen, zonder kinderen, in een eenzaam oord, zoals dertig jaar geleden toen wij een stil plekje opzochten om in vrede te kunnen schreien.

De kaastoren is ingestort.

XX

Uit de diepste diepte kom ik aan de oppervlakte en met een
zucht van verlichting heb ik de oude ketting weder om mijn
enkel gesmeed. Ik ben vandaag teruggekeerd naar de General Marine.

Na zo'n verloochening voelt men zich schuldig en om
geen sympathieën te verbeuren heb ik, zo goed en zo kwaad
als het ging, de rol gespeeld van een die eigenlijk te vroeg
weer aan 't werk is gegaan.

Maar het was overbodig. Ik werd letterlijk bestormd en
juffrouw Van der Tak zei dat ik ongelijk had en tot aan 't
eind van de maand had moeten thuisblijven. Zij weet natuurlijk niet dat mijn salaris niet betaald wordt.

'Nu zie je wel dat niets zo goed is voor een zenuwlijder als
een tric-trac,' zei Tuil, met een voorzichtige duw in mijn
lenden.

Zij hebben mijn mening gevraagd over 't zitten met de
rug naar de vensters, de nieuwe vloeirollen getoond en mij
dan Hamer doen bekijken, omdat die nu een bril draagt.

De oude Piet heeft mij van op zijn locomotief met zijn pet
toegewuifd als een bezetene. Ik ben even buiten gelopen, en
heb hartstochtelijk zijn zwarte hand gedrukt, die altijd vol
smeerolie zit. Hij leunt uit zijn ijzeren paard, schudt mijn
arm dat ik er op en neer van ga en verschuift geestdriftig zijn
pruim van de ene kaak naar de andere.

'En waren de sigaren goed?'

Hij wist niet eens wat ze mij gegeven hadden.

'Uitstekend Piet. Ik zal er een paar van meebrengen.' Hij
geeft te mijner ere drie gillen met zijn stoomfluit en zet
welgemoed zijn vijftigduizendste rit om de werf voort.
Daarop heb ik mijn oude plaats weer ingenomen en ben aan
't werk gegaan.

Mijn collega's geven mij slechts onbenullige bestelbriefjes
te typen en kloppen zelf de lange bestekken die vol techni-

sche termen zitten en nogal vermoeiend zijn. Van juffrouw Van der Tak krijg ik een chocolaadje, telkens als zij er zelf een neemt.

't Is vreemd, in al die jaren heb ik niet geweten dat het op kantoor zo gezellig kan zijn. In die kaas moest ik stikken, terwijl ik hier, tussen twee briefjes in, even kan luisteren naar innerlijke stemmen.

Nog dezelfde avond heb ik aan Hornstra geschreven, dat ik, om gezondheidsredenen, gedwongen ben van zijn vertegenwoordiging voor België en het Groothertogdom Luxemburg af te zien. Ik heb er bijgevoegd dat zijn kaas in een van de patentkelders van 't Blauwhoedenveem ligt en dat ik hem per postwissel de waarde van de ontbrekende bollen deed toekomen. Met dat briefje heb ik mijzelf de pas afgesneden, want je weet nooit of ik nog niet eens een kaasopwelling krijg.

Drie dagen later ontving ik waarachtig een bon van René Viaene, mijn agent in Brugge, die aan veertien klanten een totaal van vierduizend tweehonderd kilo verkocht had. Alles was perfect ingevuld: besteldatum, naam en adres van iedere koper en al de andere kolommen óók.

Ik kon niet nalaten zijn aanvraag in mijn brievenknip toch nog even op te zoeken. Zij luidde als volgt: 'Ik zal eens proberen een beetje kaas te verkopen. Uw toegenegen René Viaene, Rozenhoedkaai 17, Brugge.' Er stond niets op genoteerd, want ik had hem niet ontboden omdat hij de enige Bruggeling was die zijn diensten had aangeboden. Op hoop van zegen had ik hem tien bons gezonden zoals aan de negenentwintig anderen. Ik zal dus nooit weten of hij oud of jong, chic of haveloos, met of zonder wandelstok is.

Zijn bestelling heb ik zonder enig commentaar aan Hornstra doorgezonden. Misschien krijg ik mijn vijf procent nog wel. Ja, het systeem van die bons was goed, dat wist ik.

Van Schoonbeke heeft getelefoneerd, want de telefoon heb ik behouden omdat die tóch voor een jaar betaald is. Hij vraagt waarom ik niet meer kom. Hornstra heeft hem een bezoek gebracht en gezegd dat het hem speet met mij niet door te kunnen gaan. Hij had zijn tevredenheid lucht gegeven omdat hij zijn kaas in zulke puike conditie had teruggevonden.

Dacht hij dan soms dat ik die twintig ton opvreten zou?

'Wij Antwerpenaren kunnen tenminste kaas bewaren,' zei Van Schoonbeke. 'En kom je nu woensdag?'

Ik ben dan maar teruggegaan en hij heeft mij gefeliciteerd.

Daar zaten zij weer bij elkaar. Hetzelfde geklets, dezelfde gezichten, maar zonder die oude advocaat met zijn halve bol, want die is dood. In zijn plaats zie ik de jonge Van der Zijpen zitten, die nog steeds niet weet of ik mij lenen zal tot het aftappen van die tweehonderdduizend pop.

Van Schoonbeke heeft natuurlijk van mijn broer gehoord dat ik weder op de Werf ben, maar hij heeft aan zijn vrienden niets gezegd en zij gaan door mij te behandelen als leider van de Gafpa.

De gastheer stelt ons aan elkander voor: 'Mijnheer Van der Zijpen, mijnheer Laarmans.'

En beiden zeggen wij: 'Aangename kennismaking.'

Daarop zet Van der Zijpen een apartje voort met zijn buurman die het telkens moet uitproesten.

'Vergeet niet mij te waarschuwen zodra u sardinen hebt,' zegt die man met zijn tanden.

Van der Zijpen kijkt mij grinnikend aan en vraagt of hij de bestelling moet noteren.

XXIII

Ik heb vandaag een bezoek gebracht aan 't graf van mijn moeder, of beter gezegd van mijn ouders. Ieder jaar ga ik, maar nu heb ik mijn bezoek vervroegd om het helen van mijn kaaswond te bevorderen.

Het kopen van die bloemen was al net zo lastig als 't aanschaffen van mijn tweedehandsbureau, want de bloemist had drie soorten chrysanten: kleine, middelmatige en zeer, zeer grote, als broden zo groot. En al beloerde ik de kleine, toch heeft hij mij de grote verkocht, en wel twaalf stuks. Hij heeft er een spierwit papier omheen gedraaid en mij dan aan de deur gezet met die reusachtige hoos die kilometers ver zichtbaar is. Met dat ding de stad door, dat gaat niet. Neen, heus, ik kan niet, al is een kerkhofbezoek nog zo eerbiedwaardig. Die overdreven bloemengarve maakt mij belachelijker dan die gipsen Sint Jozef. Zo'n pak bloemen koopt niemand en je kan zien dat ik bedrogen ben. Dus een taxi in.

Het kerkhof is een onafzienbare geschiedenis, verdeeld in egale lanen die slechts door de graven van elkander te onderscheiden zijn en dan nog alleen voor een geoefend oog. Hoofdlaan, derde zijlaan rechts, tweede laantje links.

Hier ergens moet het zijn. Ik ga langzamer, in de richting van een zwarte paal die een eind verder staat.

Waar is in 's hemelsnaam dat graf naar toe? Het ligt aan de linkerkant, dat weet ik zeker. Familie Jacobs-De Preter. Mejuffrouw Johanna Maria Vandevelde. Aan ons geliefd dochtertje Gisèle.

Het angstzweet breekt mij uit. Wat moet dat mens denken, want ik zie nu dat die paal een biddende vrouw is. Ik kan haar toch niet vragen of zij niet weet waar mijn ouders liggen. En wat moet ik beginnen als ik hier plotseling een van mijn zusters ontmoet? Die merkt natuurlijk dat ik op zoek ben naar ons graf, want wat zou ik hier anders met die bloemen lopen? Nu, als mij dat overkomt leg ik ze op de eerste de beste zerk en maak mij uit de voeten. Of ik zeg: 'Zo, ben jij óók eens gekomen?' Ik loop ingetogen met haar mee en kom er dan vanzelf.

Met tuitende oren ga ik terug tot aan de hoofdlaan en tel opnieuw. Derde rechts, tweede links. Ik zit weer in 't zelfde laantje.

Dan maar doorlopen als moest ik aan 't ander eind van 't kerkhof zijn. De stelen van mijn chrysanten moet ik aan mijn borst drukken, anders slepen de bloemen langs de grond.

Ik ga op de tenen achter die vrouw door en plotseling zie ik mijn graf. Het springt mij als het ware tegemoet. Dáár, vlak naast dat biddende mens. Kristiaan Laarmans en Adela van Elst. God zij dank! Mijn zusters mogen nu komen.

Het is hier ongelooflijk rustig. Af en toe valt een druppel uit een kale boom.

Hoed af. Minuut stilte.

Ik kan gerust zijn. Die hier liggen hebben van mijn kaasgeschiedenis niets gehoord, anders was moeder trouwens naar de Gafpa gekomen om mij te troosten en bij te staan.

Ik leg behoedzaam mijn reuzengarf op de marmeren tafel, werp een schuine blik op de zwarte gedaante naast mij, maak een soort buiging, zet mijn hoed weer op en trek mij terug. Vijf graven verder sla ik een zijlaan in en kijk nog eens om.

Ik blijf staan, als aan de grond genageld. Wat doet dat wijf bij ons graf? Wil zij mijn chrysanten gappen en op haar graf leggen? Dat zou sterk zijn.

Ik zie nu dat zij die witte verpakking verwijdert en de bruinrode bloemenweelde komt te voorschijn. Zij spreidt mijn chrysanten open en legt ze vooraan op de stenen plaat, zó dat de namen van vader en moeder zichtbaar blijven. Nu maakt zij het teken des kruises en begint op *mijn* graf te bidden.

Ik buk mij en sluip ongezien tot in de hoofdlaan en 't kerkhof uit.

Mijn taxi doe ik aan de hoek van mijn straat stoppen, anders vraagt mijn vrouw uitleg. Immers, ik ben nu geen koopman meer. En dat kerkhofbezoek had best met de tram gekund.

XXIV

Thuis wordt nooit meer over kaas gesproken. Zelfs Jan heeft geen woord meer gerept over de kist die hij zo schitterend verkocht had en Ida is stom als een vis. Misschien wordt de sukkel op 't gymnasium nog steeds kaasboerin genoemd.

Wat mijn vrouw betreft, die zorgt er voor, dat geen kaas meer op tafel komt. Pas maanden later heeft zij mij een Petit Suisse voorgezet, van die witte, platte kaas, die niet méér op Edammer gelijkt dan een vlinder op een slang.

Brave, beste kinderen.

Lieve, lieve vrouw.

Antwerpen, 1933

DE PERSOONLIJKHEID VAN
WILLEM ELSSCHOT

Hoe treurig het ook moge zijn, waar is het zeker: de gemiddelde 'intellectuele' Nederlander, anders dan de gemiddelde 'intellectuele' Fransman, kent de schrijvers van zijn taalgebied niet.

Over dit onbetwistbare feit is veel gedisputeerd en men heeft zich al dikwijls afgevraagd hoe het toch in vredesnaam mogelijk is dat een volk, nog wel met de reputatie van 'beschermer der geestelijke vrijheid' in de twintigste eeuw een opmerkelijke voorkeur is gaan vertonen voor zijn *minderwaardige* auteurs. Ik zou niet gaarne beweren dat de grote massa in andere landen niet eveneens die minderwaardigen opzoekt, want dat ligt in de lijn van het lezen als functie van de geest, die zich verstrooien en van de dagelijkse levensbezwaren ontdoen wil; maar ik spreek hier over een klasse van mensen wier ontwikkeling en natuurlijke intelligentie van dien aard zijn, dat zij het boek niet uitsluitend behoeven te beschouwen als een 'Ersatz' voor het bridgespel. Zij, die de gave des onderscheids konden hebben, beoefenen nog altijd de huiskamerroman, die in Nederland bijkans onsterfelijk schijnt; zij achten zich al heel gelukkig met een nieuw produkt van Alie van Wijhe-Smeding of Jo van Ammers-Küller en – wat het zonderlingste van de ganse historie is – zij debatteren ook nog bestendig over de meerdere of mindere *kwaliteiten* van dat soort uitgaven, in plaats van te erkennen dat het er hoegenaamd niets toe doet of *Vrouwenkruistocht* beter of slechter is dan *Naakte Waarheid*. De kwaliteitsverschillen van zulke boeken bewegen zich op een plan dat, van Europees standpunt gesproken, al lang geen plan meer is. Men kan zeggen, dat de voortreffelijkste vertegenwoordiger van het genre in Europa John Galsworthy is geweest, men kan ook nog zeggen, dat Ina Boudier-Bakker aanmerkelijk beter schrijft dan bij voorbeeld mevr. De Vries-Brandon, die pas een nieuwe loot van de oude stam deed verschijnen: maar daarmee zou men dan toch ook wel genoegen kunnen nemen. Wie in de mening verkeert dat zulke verschillen ter zake doen in de Europese letterkunde, vergist zich te enenmale.

Deze intense belangstelling voor het middelmatige boek zou ons nog vrijwel koud kunnen laten, als haar noodzakelijk complement niet ware het volslagen gebrek aan belangstelling voor het boek van betekenis. Het is als wist men tot voor kort van het bestaan van auteurs als Elsschot, Nescio, Paap en anderen niets af; zover gaat dit gebrek aan wezenlijke belangstelling voor eigen cultuur, dat in het buitenland onze natie vertegenwoordigd wordt door vertalingen van Felix Timmermans, de reeds genoemde mevr. Van Ammers-Küller en de volstrekt niet bijzonder merkwaardige provinciale beschrijvers van het boerenleven, Herman de Man en Antoon Coolen. Ik zie af van een enkele uitzondering, zoals de lofwaardige pogingen van de onlangs gestorven Rudolf Lonnes, die getracht heeft in Duitsland belangstelling te wekken voor de Nederlandse literatuur; want zulk een uitzondering bevestigt des te droeviger de algemene indruk dat men in Europa ons slechts kent als bezeten door een *Kreuzzug des Weibes*, anders nauwelijks. Zulk een toestand maakt het isolement van een klein volk zonder internationaal gangbare taal weer des te drukkender en beschamender; want wij kunnen ons nu eenmaal in deze tijd de luxe niet permitteren er een 'eilandcultuur' op na te houden, zoals in de zeventiende eeuw. Zonder contact met de Europese problemen worden wij weer wat wij in de eeuw van Beets en Tollens geweest zijn: de Chinezen van Europa, bang voor de gele kaft van een Frans romannetje, zwerend bij de kaas als het symbool van de kosmos.

Kaas! Hoe ongezocht stroomt deze inleiding naar het boek dat mijn thema voor deze kroniek is! En hoe zonderling alweer is het dat men hier te lande de man die dit bij uitstek nationale onderwerp als het centrale punt van zijn roman koos, tot voor enige jaren in het geheel niet, maar dan ook *in het geheel niet* kende! Pas toen de Wereldbibliotheek indertijd een herdruk publiceerde van zijn vergeten *Lijmen*, hoorde men zijn naam zo nu en dan eens noemen, maar altijd nog luidkeels overschetterd door het pallieteren en pirroenen van zijn medevlaming Felix Timmermans. Waarschijnlijk was één van de hoofdoorzaken dier onbekendheid, dat Willem Elsschot zich niet verwaardigd had onze zin voor 'leut' en jovialiteit te strelen door zich uit te drukken in het zogenaamd 'sappig Vlaams': Elsschot schreef namelijk bijna behoorlijk Nederlands, ik bedoel Noord-Nederlands zonder fouten, hetgeen de meeste Vlamingen niet best afgaat; men zou hun dit overigens ook weer niet kwalijk nemen, als zij maar niet de kans schoon hadden gezien om van hun 'sappige' dialect te profiteren en het gehele taalgebied benoorden de Moerdijk te overstromen met hun 'sappige' woorden. Die sappigheid, die sappigheid! Als wij niet oppassen, komen wij nog eens om in al het sap dat het Zuiden ons met zoveel kracht inspuit, alsof het heil van de Dietse stam ervan afhing!

De romans van Willem Elsschot, wilde ik zeggen, zijn geschreven in heel gewoon Nederlands dat hier en daar de Vlaming weliswaar verraadt, maar nergens het provinciale taaleigen opdrijft tot een cultus. Dat wil zeggen, dat de romans van Elsschot hun betekenis danken niet aan het feit dat ons het water in de mond komt als wij ze lezen; Elsschots taal is vrij van alle extravagantie, sober, soms scherp afgebeten, een andermaal precies vertellend, met de koele humor van de waarnemer. Men kan dat constateren in zijn verhaal *Een verlossing* (1921), maar beter nog in zijn oudere roman *Villa des Roses* (1910; eigenlijk meer een grote novelle), de met wrede nuchterheid genoteerde geschiedenis van een Parijs pension. De bewonderaars van de huiskamerroman zouden dit boek ongetwijfeld 'cynisch' noemen, omdat het niets versluiert en vermooit dat burgerlijk en karikaturaal is, omdat het door zijn humor wraak neemt op een nest van kleine intriges, waarvan de schrijver zeker meer dan zijn bekomst heeft gehad; men doet er nu eenmaal beter aan, weemoedige en medelijdende commentaren bij zulke histories te schrijven, als men van zijn succes verzekerd wil zijn. Maar desondanks is het woord 'cynisch' hier, als zo vaak, weer misplaatst; wie beter kan lezen, ontdekt achter de verbitterde observator van *Villa des Roses* spoedig genoeg een gemakkelijk te ontroeren ziel, die echter geen lust heeft om van die ontroerbaarheid de onnozele dupe te worden. *Villa des Roses* is een boek boordevol gevoel; maar het gevoel kookt niet over, als in zovele tweede- en derderangs romans, het zoekt ook geen verheven namen voor dingen die men beter nuchter kan noemen; het verkeert eenvoudig in die tijdelijke staat van bittere ontgoocheling, die ieder ook verstandelijk fijn bewerktuigd gevoelsmens moet doormaken, als hij zich niet voortijdig in een klooster opsluit. De pensionbewoners zijn met een genegenheid gezien, die ook de haat insluit en die dus niets uitstaande heeft met de romantische vertedering, waarmee sommige auteurs van boerenromans hun sujetten vertroetelen; Elsschot is geen dupe van hun schilderachtig voorkomen, en hij is evenmin verliefd op hun dwaze gewoonten; hij had hen lief, *zoals zij waren*, zonder idealisering en vervalsing van waarden, en daarom kon hij hen, mét al hun hatelijke eigenschappen, weer tekenen zonder de boosheid van een verongelijkte. Als wraakneming is *Villa des Roses* daarom van de beste soort; men proeft aan de stijl dat de wraak geen rancune inhoudt.

In *Lijmen* (1923) waagde Elsschot een gedurfder zet; hij verliet de beschrijvend-novellistische trant om een problematische figuur in het centrum van zijn compositie te zetten: de ex-idealist, die 'in de handel' gaat. De handel wil hier zeggen: het 'lijmen' van klanten met een reclametijdschrift dat hun zogenaamd zakelijk voordeel kan brengen, maar eigenlijk berust op een truc. Deze truc – en hierin steekt niet voor het geringste deel de waarde van het boek! – is volkomen 'geoorloofd'; de onderneming met het Wereldtijdschrift is geen zwendel, maar op de 'zuivere logica' van de handelsman berustende negotie; de gedupeerden zijn dupe door hun eigen gebrek aan weerstandvermogen, en zij zijn dus in de algemeenste zin symbolen van de handel als normaal verschijnsel. Het is voornamelijk om deze inzet van een probleem, dat ik *Lijmen*, tegen veler opinie in, hoger aansla dan *Villa des Roses*; het is als geheel misschien minder vlekkeloos van schriftuur, maar het is ook zonder enige twijfel belangrijker van inzet. Hoewel de hoofdpersonen van dit boek, de ex-idealist Laarmans en de van geoorloofde trucs profiterende 'ondernemer' Boorman, min of meer symbolisch zijn, heeft Elsschot het gevaar van opzettelijk aandoende en holklinkende symboliek volkomen weten te vermijden: de mensen uit *Lijmen* zijn even aanvaardbaar als mensen als de personages van *Villa des Roses*. Men kan aan Elsschot merken, wat men aan ieder goed romanschrijver kan merken (en wat de goede romanschrijver aanstonds volstrekt onderscheidt van de middelmatige en de slechte), dat hij de modellen voor zijn romanfiguren voor ogen heeft gehad en betrapt op hun menselijke eigenschappen; hij werkt niet met clichés van andere auteurs, die men bij wijze van spreken aan huis geleverd kan krijgen. Het probleem van de handel, van de overreding, van het gepermitteerd bedrog, van de concurrentie, van de 'oorlog in volle vrede' dus, waaraan een ieder dagelijks is overgeleverd, waaraan niemand kon ontkomen, omdat die 'oorlog' het fundament is van ons bestaan... dat probleem levert Elsschot de lezer over met een volheid van mensenkennis en een rijkdom van humor, die hem recht geven op een zeer bijzondere plaats in de literatuur van zijn generatie.

Het zoëven verschenen *Kaas* verschaft ons het bewijs dat een zeer Nederlands artikel het thema kan leveren voor een allerminst provinciaal-Hollandse roman. Ook in *Kaas* snijdt Elsschot het probleem van de handel en daarmee het algemener probleem van het *handelen* aan. Het accent is anders dan in *Lijmen*; het gevoelselement treedt sterker op de voorgrond, de persoonlijkheid van de man die moet 'lijmen', ditmaal met kaas, en die ook hier de naam Laarmans draagt, is meer hoofdzaak dan in het vorige boek. Hij, Laarmans, heeft een armzalige, maar fatsoenlijke betrekking bij de General Marine and Shipbuilding Company; dan komt de kaas in zijn leven, in de vorm van een agentschap dat hem wordt aangeboden; zijn bestaan wordt een kaasbestaan, zijn gedachten moeten zich omzetten tot kaasgedachten, zijn tot nog toe povere, maar eerlijke persoonlijkheid moet zich metamorfoseren in een wezen dat kaas ademt, kaas predikt, kaas verheerlijkt; er is maar één Kaas en Laarmans moet zijn profeet zijn! Maar hij, de bescheidene, de nederige, maar oprechte, tracht tevergeefs; hij blijkt te goed (of te onhandig, al naar men wil) voor het kaasevangelie, en hij keert terug tot zijn medeklerken, verslagen, maar tenminste niet vernederd. En Laarmans hervindt zichzelf: ''t Is vreemd, in al die jaren heb ik niet geweten dat het op kantoor zoo gezellig kan zijn. In die kaas moest ik stikken, terwijl ik hier, tusschen twee briefjes in, even kan luisteren naar innerlijke stemmen.'

Is het gegeven dus min of meer een repliek van *Lijmen*, de roman zelf is het zeker niet. Welk van de beide boeken het sterkst is, zou ik niet dadelijk durven uitmaken; in *Lijmen* vindt men de merkwaardige figuur van de handelaar Boorman als winst, die hier ontbreekt, in *Kaas* daarentegen komt de moeder van de hoofdpersoon naar voren, zoals men dat nog in geen van Elsschots werken had aangetroffen. Voor de kaastemptatie begint, staat de held van de historie aan het sterfbed van zijn moeder: een inleidend hoofdstuk, dat onmiddellijk de gevoeligheid én de beheerste soberheid van de schrijver volledig openbaart. Met die moeder sterft iets weg, voelt men; nu kan het spel beginnen, Laarmans staat blanco. Met de zachte humor van korte, tekenende zinnetjes weet Elsschot in deze scène aan het sterfbed meer tragiek te geven dan veel anderen het doen met pathetische en opgewonden woorden. Geen woord te veel, geen gebaar te dik, geen opmerking overbodig; ook de dood, suggereert Elsschot, heeft recht op soberheid, er is geen reden om juist daar het luid misbaar aan te heffen, dat dan gewoonlijk losbreekt. In die sobere toon van milde humor gaat het verhaal voort, tot het zich oplost in een nederlaag, die geen nederlaag is.

De held van *Lijmen* was een idealist die aan de handel geofferd werd. De held van *Kaas* laat zich niet offeren, maar verkiest de propere armoede boven de verkaasde rijkdom; of beter gezegd, hij verkiest niets, maar het leven verkiest niet dat hij een slaaf van de handel zal worden; hij blijft 'honnête homme' dwars door de kaas heen. In dit opzicht is *Kaas* een nieuw aspect van Willem Elsschot, een etappe in zijn ontwikkeling. Men zou dit nieuwe een positief geloof in oprechtheid kunnen noemen; niet via een onvruchtbaar, sputterend idealisme-van-de-koude-grond komt Frans Laarman tot die oprechtheid; neen, door een bolwerk van kaascompromissen moet hij zich heeneten om het bescheiden eiland der 'innerlijke stemmen' voorgoed te bezitten. Op de proef gesteld door de kaas, geadeld door de kaasproef heeft de klerk voortaan *recht* op zijn armoede, omdat hij zich nu pas volledig bewust is geworden van het voorrecht in oprechtheid arm te kunnen zijn.

Er is veel verwantschap tussen de Nederlander Nescio en de Vlaming Elsschot, al zijn hun stijlmiddelen geheel verschillend; wat hen beiden verbindt, en wat het tot een voorrecht maakt over hen te schrijven, is hun reëel gevoel voor het eiland der innerlijke stemmen.

M. TER BRAAK
Het Vaderland, 3 december 1933

Salamander Klassiek

Salamander

Theo Thijssen *Het grijze kind*

Kees Fens in *Voetstukken*: 'men is aanvankelijk geneigd *Het grijze kind* als een zuiver realistisch boek te beschouwen: de milieutekening van de familie-van-betere-stand, wier enige zorg het is die stand op te houden, is zeer gedetailleerd en dat in vele bekende trekken. Het opvallende is evenwel de rechtlijnigheid waarmee het boek verder geschreven is: het burgergedoe wordt zo in zijn uiterste consequentie beschreven, de eigen logica van waaruit in het milieu geredeneerd wordt, is zo ver doorgetrokken – zonder aan overtuigingskracht te verliezen, want het geheel zit juist zo logisch in elkaar! –, dat het realisme de grens van het surrealisme nadert: een bekende werkelijkheid wordt hier zo in haar verste consequenties beschreven, dat ze een ongewone werkelijkheid wordt: het milieu wordt een hallucinerend milieu, een krankzinnig geval, waarbij de wijsheid ligt bij de ik-figuur, die het ongewone van de situatie doorziet.' ...'een heel bijzonder en apart boek, dat ik met geen ander werk in de Nederlandse literatuur zou kunnen vergelijken.'